Die Gage gibt's aber erst morgen …

Meiner Frau, meinen Eltern & Geschwistern

MARC-HENNING GALPÉRIN

Die Gage gibt's aber erst morgen …

… und weitere skurrile Geschichten von einem Pianisten und
seiner Bluesband hinter, neben, auf und unter der Bühne

Bibliografische Information der Deutschen Nationalbibliothek:
Die Deutsche Nationalbibliothek verzeichnet diese Publikation in
der Deutschen Nationalbibliografie; detaillierte bibliografische Daten
sind im Internet über http://dnb.dnb.de abrufbar.

© 2021 Marc-H. Galpérin
Lektorat: Mirko Partschefeld, Books on Demand GmbH
Merci: Birgit Wagener, Bianca G.-Breuser, Martin Noll

Satz, Umschlagdesign, Herstellung und Verlag:
BoD – Books on Demand, Norderstedt
ISBN: 978-3-7543-8062-8

Inhalt

»Der Pianist erzählt in jedem Lied eine Geschichte über sich selbst. Einerseits findet die Heiterkeit des Augenblicks ihren Ausdruck im Boogie-Woogie, andererseits gäbe es ohne die Traurigkeit der Seele keinen Blues. Musiker sind sensible Wesen, sie haben für diese Stimmungen sehr feine Antennen.«

Andy

»Das Buch gliedert sich in zwanzig zeitlich zusammenhängende Geschichten, die mit einem Augenzwinkern einen unterhaltsamen Einblick in eine spannende, weitgehend unbekannte Welt eines jungen, aktiven Musikers geben.«

Der Erzähler

Über den Autor:

Marc-H. Galpérin, geb. 1957 in Bremen, beginnt auf eigenen Wunsch im 7. Lebensjahr mit dem Klavierunterricht und singt im Chor. 1976 entdeckt er zufällig den Blues & Boogie-Woogie-Stil für sich, dem er sich begeistert zuwendet. Seit 1980 tritt er gemeinsam mit Pianisten-Kollegen, solo oder als Mitglied in Bands im In- und Ausland auf.

Galpérin ist mehrfach zu Gast in Fernseh- und Radioshows sowie bei Festivals. Er ist auf mehreren Alben zu hören. Eine CD wird für den Preis der deutschen Schallplattenkritik in der Sparte Jazz nominiert. 2009 wird er in die »Hall of Fame« des German-Boogie-Woogie-Awards »Pinetop« aufgenommen. Der Musiker ist verheiratet und lebt im Münsterland.

www.marc-galperin.de

Dr. Ross, the Harmonica Boss, & Marc Galperin

Schaukeln & Schlingern

Andy begibt sich wie häufig an seinen schwarzen Flügel und spielt einen Blues des Pianisten Jimmy Yancey. In seinem Musikzimmer dreht sich alles um Boogie-Woogie, Blues und Instrumente: vom Klavier über verschiedene Gitarren bis zu irischen Instrumenten wie der Tin Whistle, einer Bodhrán oder dem typischen Akkordeon, der »Squeeze-box«. Das »Spielfeld« eines Musikus mit einem recht breiten Musikgeschmack, keine Frage.

Neben dem Flügel hängt ein naives Originalgemälde des berühmten Bluesmusikers Champion Jack Dupree mit dem Titel »The good old Days« an der Wand. Es zeigt ein Pferd, welches einen Planwagen durch die Landschaft zieht. Eine Erinnerung an seine Kindheit, als Pferdefuhrwerke noch das Straßenbild seiner Heimatstadt New Orleans und Umgebung bestimmten.

Andys Blick fällt auf das alte Regal, das mit allen möglichen Dingen aus seiner langen Zeit als Musiker bestückt ist: Auszeichnungen, kleine Souvenirs von Jazzclubs, in denen er aufgetreten ist, uralte Schellackplatten mit Bluesaufnahmen etc. Bei ihrem Anblick kommen ihm unzählige Erlebnisse aus den letzten Jahrzehnten in den Sinn: viele davon lustig, aber einige so skurril und besonders, wie sie wohl nur ein aktiver Musiker erleben kann.

In dem Regal befindet sich auch eine glänzende Silberkugel, an der Andy besonders hängt, gut geschützt hinter dickem Plexiglas. Er hat sie vor einer halben Ewigkeit gut versteckt in dem Hohlraum zwischen Resonanzboden und Saitenrahmen seines ersten, gebraucht gekauften Flügels entdeckt. Durch ein mattbläuliches Leuchten hat sie damals auf sich aufmerksam gemacht, als wäre sie für ihn bestimmt.

Andy ist die Kugel seltsam vertraut vorgekommen, als sei er ihr schon einmal begegnet. Sie leuchtet nur ganz selten. Und wenn, so scheint es, will sie ihn auf irgendetwas aufmerksam machen. Das macht sie so geheimnisvoll.

Auf dem alten Regal in Andys Musikzimmer liegt ein ungeordneter Haufen loser Papiere. Das oberste Blatt hängt schon halb herab. Andys Gedanken scheinen die silberne Kugel angeregt zu haben. Irgendetwas tut sich in ihr: Will sie ihm etwas mitteilen? Andy bemerkt, wie sie zum ersten Mal seit vielen Jahren wieder einen zauberhaft bläulichen Strahl in den Raum schickt, der die Luft um sie herum kaum spürbar erwärmt und nach oben steigen lässt. Das oberste Blatt des Papierstapels wird durch den dadurch entstehenden, sanften Windhauch wie von Zauberhand ganz leicht angehoben, gerät aus dem Gleichgewicht, rutscht wie in Zeitlupe herunter, pendelt gemütlich abwärts und macht es sich schließlich auf dem Notenhalter des Flügels bequem. Es landet direkt vor Andys Augen, mit der Schrift nach oben, als wolle es sagen: »Lies mich!«

Andy ist sich sicher, dass die Kugel dem Blatt einen wohlproportionierten, exakt berechneten Impuls gegeben hat, damit das Papier so und nicht anders vor ihm landet. So deutlich bemerkbar hat sie das bisher noch nie gemacht, als ob sie ihn mit der Nase auf den Artikel stoßen wollte.

Andy nimmt, wie von der Kugel angestoßen, den leicht vergilbten Pressebericht zur Hand und liest ihn. Es handelt sich dabei um den Artikel über einen Auftritt am dreiundzwanzigsten Juli zweitausendsechs in Köln. An dem Tag hat sich zufällig sein musikalischer Weg mit dem einer damals sehr bekannten Band gekreuzt, die wir hier »Rockband« nennen wollen.

Andy ist schon seit vielen Jahren Pianist und Keyboarder einer Blues- und Boogie-Band. Die Gruppe ist ganz traditionell besetzt: Gesang & E-Gitarre, Piano, Kontrabass und Schlagzeug.

Die bekannte Formation ist bereits vor einigen Monaten für ein Konzert innerhalb der sonntäglichen Jazz-Frühschoppenreihe am Kennedy-Ufer gebucht worden, direkt am Rhein gelegen, unweit der Hohenzollernbrücke. Eine wunderbare Kulisse für das Konzert. Auf dem Platz gibt es Sitzgelegenheiten für etwa dreihundert Personen sowie zahlreiche Getränkebuden.

Die Sonne brennt vom Himmel, also perfektes Wetter für einen schönen Auftritt. Seine Musikerkollegen und er können mit ihren Fahrzeugen direkt hinter einem großen Lkw parken, dessen Ladefläche als überdachte Bühne dient. Andy hat als Pianist heute ausnahmsweise mal kein Keyboard zu schleppen, da ein Klavier vom Veranstalter gestellt wird, dass sich schon auf den Brettern des Lkw befindet. Er ist deshalb dem Drummer dabei behilflich, sein umfangreiches Equipment auf das Podium zu befördern. Die Verstärkeranlage für die Beschallung des großen Platzes ist bereits von einem professionellen Sound-Team aufgestellt worden, das die Technik während des ganzen Konzerts betreuen wird. Der Aufbau der Instrumente und der Technik durch die Musiker geht wie immer reibungslos wortwörtlich »über die Bühne«; die Zusammenarbeit mit dem Sound-Team ist perfekt. Fast wortlos weiß jeder, was zu tun ist. Um elf Uhr steht alles am richtigen Platz.

Der Soundcheck ist für elf Uhr dreißig angesetzt und der Auftritt soll am Mittag – »High Noon« – beginnen. Die Musiker haben also noch etwas Zeit, sich mit der Örtlichkeit vertraut zu machen. Bei einem Rundgang über das Gelände fällt ihnen auf, wie sich vor dem Eingang eines abseits der Bühne gelegenen Hotels gleich mehrere Trauben von Menschen drängeln. Andy ist neugierig geworden und fragt einen älteren Mann: »Hallo, hier ist ja mächtig was los. Was gibt es denn zu sehen?«

»Wie, das weißt du nicht?«, antwortet er erstaunt und schaut Andy ganz entgeistert an. »Eine der bekanntesten Musikformationen, die »Rockband«, ist hier im Hotel abgestiegen, und ganz eingefleischte Fans wissen das natürlich. Die Band spielt heute noch! Ich will wie die anderen auch versuchen, an ein Autogramm ranzukommen!« »Danke dir, das wusste ich echt nicht. Viel Erfolg dann noch!«

Die Leute sind also allesamt Autogrammjäger und neugierige Fans der »Rockband«. Natürlich sind, wie Andy in Erfahrung bringt, für diese Stars des Musikhimmels die besten Suiten gebucht worden, alle in Richtung Dom und Rhein gelegen und damit auch in Hörweite zu ihrer Gruppe auf der Lkw-Bühne.

Ein Angestellter des Veranstalters der Frühschoppen-Konzertreihe kommt in sportlichem Tempo zum Bandleader Pete gelaufen und bittet um ein kurzfristiges »Krisengespräch«, wie er es nennt. Pete trommelt seine Kollegen dazu natürlich alle zusammen. Der perfekt gestylte Agent aus der Chefetage erläutert ihnen etwas aufgeregt die Lage:

»Wir haben uns mit dem Publikum darauf gefreut, dass ihr heute hier auftretet. Aber ihr seht ja selbst, was hier los ist! Ich habe bis vor einer Stunde selbst nichts davon gewusst, dass die »Rockband« im Hotel hier nebenan ist. Das wurde von ganz oben topsecret organisiert. Die Sache ist jetzt die, dass die Leute von der »Rockband« ausschlafen wollen und nicht durch Musik gestört werden möchten. Darauf müssen wir leider reagieren. Bitte bleibt noch ein paar Minuten hier stehen. Es wird gerade geklärt, ob das Frühschoppen-Konzert heute überhaupt durchgeführt werden kann oder nicht! Tut mir unendlich leid! Bis gleich!«

Der arg gestresste, arme Kerl spurtet zurück. Die Musiker sind nach der Nachricht ziemlich geschockt. Nicht nur Andy hat mit über einhundert Kilometern eine lange Anreise gehabt. Vor allem aber wird es keine Gage geben, falls der Auftritt tatsächlich ausfallen sollte. Pete findet aufmunternde Worte: »Ha, ich fass' es nicht: Die Schlagzeile »Die Rockband will ausschlafen« stelle man sich mal vor, als die noch nächtelang im Hotelzimmer durchgefeiert haben. Aber immerhin: Das sind ja, mit vielen anderen, auch die Helden meiner Jugend gewesen, und wenn wegen ihnen unser Gig heute ausfällt, dann kann ich damit gut leben! Auf der anderen Seite: Wir spielen ja auch Stücke aus der alten Zeit, die verpassen was!«

Nach ein paar Minuten kommt der Manager im Sprint wieder zurück und sagt sichtlich erleichtert: »Leute, ich habe eine gute und eine schlechte Nachricht für euch. Welche wollt ihr zuerst hören?« Pete meint mit einem Lächeln: »Wenn du so fragst, die gute Nachricht zuerst!«

»Okay!«, sagt er und muss dabei erleichtert lachen: »Der Auftritt soll stattfinden!«

Auf diese gute Nachricht reagieren die Musiker natürlich begeistert. Wer genau hinhorcht, kann eine ganze Steinlawine von ihren Herzen fallen hören. Der Manager fährt fort: »Die Rockband hat ein kollegiales Einsehen, darauf könnt ihr euch echt was einbilden! Die schlechte Nachricht ist: Sie möchten, dass zwei der vier Beschallungsboxen abgehängt werden und sich der Lautstärkepegel insgesamt in Grenzen hält und …«

Andy unterbricht den Manager und kommentiert amüsiert: »Das passt ja nun nicht wirklich zum Image dieser Gruppe. Gerade DIE mit ihren sagenhaft wummernden Beschallungstürmen, gegen die die Trompeten von Jericho ein Flötenkonzert gewesen sein müssen, wollen, dass WIR leiser spielen?!«

»Na gut, was soll's?«, sagt Pete. »Die wollen sich halt erholen. Wir werden nun mal alle nicht jünger. Seht ihr ja an mir!«, macht er sich über sich selbst lustig. »Aber das war noch nicht alles, was du sagen wolltest, oder?«

»So ist es«, fährt der Manager fort. »Die Rockband bittet euch noch darum, dass ihr mit dem Soundcheck nicht schon wie geplant um elf Uhr dreißig beginnt, sondern erst um zwölf Uhr fünfzehn. Sie wollen sich noch etwas länger ausruhen.«

»Wenn's sonst nichts ist. Machen wir! Vor dem Alter soll man ja Respekt haben!«, verspricht Pete.

»Klasse! Danke für eure Mitarbeit. Ihr habt bei mir gleich mehrere Steine im Brett.«

Die Boogie-Gruppe ist natürlich erleichtert, läuft entspannt zur Bühne zurück und gibt den Kollegen vom Sound die Infos weiter. Daraufhin werden die hinteren beiden Boxen, die in der Nähe der Suiten stehen, zwar nicht abgehängt, aber elektrisch vom System getrennt. So bleibt die Technik flexibel und könnte die Lautsprecher mit einem Klick wieder ansteuern, falls sie doch noch gebraucht würden.

Der Soundcheck verschiebt sich wie versprochen auf zwölf Uhr fünfzehn. Das Sound-Team schafft es, die Anlage so einzustellen, dass auch die übrig gebliebenen zwei Boxen, die direkt von der Bühne abstrahlen, für das Publikum einen guten Sound erzeugen. Der eigentliche Soundcheck, der nicht in voller Lautstärke stattfinden muss, ist in fünf Minuten erledigt. Damit verlängert sich die »Ruhephase« für die »Rockband« nochmals erheblich. Vielleicht registrieren sie das sogar?

Der erfahrene Chef der Boogie-Gruppe, Sänger und Gitarrist Pete, spricht mit allen noch kurz die Liste mit den Titeln durch, die heute gespielt werden sollen.

Der Gig beginnt dann eine Dreiviertelstunde verspätet um zwölf Uhr fünfundvierzig. Die Nummern werden wie immer nicht in einer vorher festgelegten Reihenfolge gespielt. Das ist ohnehin nicht notwendig, denn Frontman Pete hat in den vielen Jahrzehnten, in denen er schon Musik macht, ein untrügliches Gespür dafür entwickelt, welches Stück nach dem zuletzt gespielten am besten passt. Die Musiker kennen selbstverständlich alle Titel und die Arrangements; Notenblätter brauchen sie nicht. Alles andere wird durch viel Erfahrung, Improvisation und Blicke untereinander gesteuert. Das Publikum bekommt davon nichts mit. Wie das genau geht, ist natürlich Betriebsgeheimnis. Die übrig gebliebenen zwei Boxen geben ausreichend Watt Richtung Publikum ab.

Die »Boogisten« um Pete werden wie üblich drei sogenannte »Sets« à fünfundvierzig Minuten spielen, mit Pausen dazwischen, in denen sich das Publikum unterhalten und mit Getränken versorgen kann. Das Konzert beginnt und läuft prima, wie erwartet.

Mitten im zweiten Set kommt plötzlich ein Journalist der Rheinischen Post, einer der Sponsoren der Veranstaltungsreihe, ganz aufgeregt an die Bühne und ruft den Protagonisten zwischen zwei Nummern zu:

»Tach auch! Ich habe gerade mitbekommen, dass gleich jemand von der Rockband bei euch einsteigen möchte. Euer Job heute erinnert ihn nämlich sehr an seine eigenen Anfänge! Glück auf!«

Die Welt des Blues ist klein, ist Andys erste Assoziation. Der Sänger und auch der Gitarrist der »Rockband« sind in ihren Anfängen nämlich stark von dem Musiker Alex Eckston beeinflusst worden, den Andy vor vielen Jahren bei seinem Auftritt in der Bremer »Glocke« selbst erlebt hat. Anschließend hat er mit ihm und anderen einen vergnügten, hoch interessanten Abend im Bremer »Ratskeller« verbracht, in denen Alex wüste Geschichten aus den »Wilden Sechzigern« erzählt hat. Unvergesslich!

»Habt ihr das gehört, Jungs!«, ruft Pete. »Gleich kommt die Rockband auf die Bühne und will bei uns einsteigen!«

»Wovon träumst du nachts? Du glaubst doch wohl nicht alles, was von der Presse kommt?«, ruft Andy laut vom Piano herüber und schüttelt den Kopf.

Er meint das natürlich nicht so, wie es sich anhört. Es handelt sich vielmehr um eine Beschwörung, dass das eigentlich Undenkbare doch eintreten möge. Wie ein »Mojo« in der Bluessprache, was sinngemäß mit »Glücksbringer, Beschwörung« übersetzt werden kann. Je stärker man daran zweifelt, dass ein Mitglied der »Rockband« gleich die Bühne betreten wird, umso wahrscheinlicher soll es werden, dass das Unmögliche tatsächlich eintritt. Und sollte es anders kommen, kann sich jeder damit trösten, dass es ohnehin ausgeschlossen gewesen wäre, mit einem Mitglied der »Rockband« auf einer, und dann noch der eigenen, Bühne zu stehen. Freude und Enttäuschung sind beim »Mojo« also beste Freunde.

Auf einmal erscheinen einige Sicherheitsleute auf dem Platz, die natürlich sofort von den hellwachen Autogrammjägern & Co. registriert werden. Die Fans schauen aufmerksam wie die Erdmännchen mit gestreckten Hälsen in deren Richtung und fragen sich, was jetzt wohl passieren wird. Unabhängig davon kommt bei einigen angereisten Bewunderern auch noch das Gerücht auf, der Sänger und der Gitarrist der »Rockband« wollten gleich aus Spaß an der

Freud bei der Boogie-Gruppe auf der Bühne mit einsteigen. Das wird befeuert durch dunkel bebrillte, breitschultrige, echte Bodyguard-Typen in feinen grauen Anzügen und dunklen Krawatten, die plötzlich überall auftauchen.

Auch die Musiker werden nervös und sind gespannt darauf, was sich jetzt ereignen wird. So ein Highlight in ihrer Geschichte wäre selbstverständlich nicht mehr zu toppen, von einem gemeinsamen Auftritt mit Chuck Berry, dem Begründer des modernen Rock 'n' Roll (direkt übersetzt: »Schaukeln & Schlingern«), den Andy sogar live erleben durfte, einmal abgesehen.

Pete ruft: »Na, was meint ihr, dann wollen wir der Rockband mal zeigen, was wir so draufhaben. Also, ab geht die schnelle Fahrt!«, und er schreit den nächsten Titel ins Mikro: »Route sixty six! Let it roll! Rollin'!« Ein Klassiker, der neunzehnhundertsechsundvierzig von Nat King Cole zum Hit gemacht worden war. Das Intro wummert durch die Boxen. Es gibt kein Halten mehr, die textsicheren Fans kennen jede Zeile.

Durch das Gejohle des Publikums aufmerksam geworden, stürmen nun auch alle übrigen Fans, die bislang das Hotel belagert haben, auf den Platz. Der füllt sich in Windeseile mit mindestens eintausendzweihundertzwölf Leuten. Vom eigentlichen Publikum, das brav auf seinen Plätzen sitzen geblieben ist, ist fast nichts mehr zu sehen. Es findet sich jetzt umringt von begeisterten Fans, die den gesamten Platz gekapert haben. Die Stimmung erreicht schnell ihren Siedepunkt. Das ist genau die Musik, auf die sie alle stehen. Der Titel geht so gut ab wie selten, und das Publikum feuert die Gruppe an – es will noch mehr!

Um die Stimmung noch weiter anzuheizen, spielt die

Blues 'n' Boogie Gruppe fetzige Rhythm 'n´ Blues-Titel, harte Chicago-Blues-Nummern und natürlich »Johnny B. Goode« von Chuck Berry. Die Profis vom Sound holen aus den beiden Boxen jetzt raus, was möglich ist. Die Gruppe kommt sich inzwischen vor wie die ungenannte »Vor-Vorgruppe« der »Rockband«. Wie sie später scherzen werden: »… nur ohne hohe Gage.«

Tatsächlich scheint sich jetzt der Gitarrist der »Rockband« der Lkw-Bühne zu nähern. Das typische Gesicht, in dessen Zügen die Spuren eines in jeder Beziehung ereignisreichen und anstrengenden Lebens zu lesen sind. Die Aufmachung, der federnde Gang, alles passt. Das muss er sein, wer sonst?!

Das ganz vorne an der Lkw-Bühne stehende Publikum bemerkt ihn ebenfalls und jubelt, was das Zeug hält. Mehrere Bodyguards schirmen ihn ab. Die Musiker trauen ihren Augen kaum, das ist doch nur noch der helle Wahnsinn, was hier gerade abgeht. Alle freuen sich offenbar schon darauf, einen der »Rockband« auf der Bühne zu sehen. Es ist real, zum Greifen nah, unglaublich und fühlt sich doch so an wie ein Traum.

Der Gitarrist kommt tatsächlich direkt vor die Bühne, in der einen Hand ein Kölsch, in der anderen eine Zigarette. So kennt man ihn. Er hört interessiert zu, »bogart« die nur halb gerauchte Zigarette auf den Boden und gibt, nachdem er noch einen kräftigen Schluck genommen hat, einem seiner Begleiter das Bierglas.

»Von wegen, man soll nicht alles glauben. Da siehst du's mit eigenen Augen«, ruft Frontman Pete dem Pianisten zu. Doch der nimmt das gar nicht so richtig wahr, so fasziniert ist er von dem, was sich gerade abspielt.

Der Gitarrist hebt die Arme über seinen Kopf und

klatscht im Takt begeistert mit, lacht und nickt anfeuernd. Pete hält ihm symbolisch einladend seine Gitarre hin. Der reagiert sofort und streckt den rechten Daumen nach oben. Vielleicht hat er ja tatsächlich Lust, mitzuspielen?! Die Musiker wähnen sich schon im Rock-Olymp. Jetzt wird er auf die Bühne kommen!

Er schickt sich an, die Rampe zur Bühne zu erklimmen. Einer der Bodyguards will ihm schon Hilfestellung geben. Die Musiker können von hier oben sehr gut verfolgen, wie die mindestens eintausend-zweihundertzwölf Fans immer dichter und enger nach vorne drängen. Es hat sich wie ein Lauffeuer herumgesprochen, dass einer von der »Rockband« vorne an der Bühne stehen soll.

Die außer Rand und Band geratenen Fans bemerken es nicht, aber die Situation wird für den bekannten Gitarristen von Sekunde zu Sekunde heikler, und die Musiker auf der Tribüne ahnen instinktiv, dass die große Sensation doch noch ins Wasser fallen könnte. Die Bodyguards erkennen nun tatsächlich ein erhebliches Sicherheitsrisiko für ihren Schützling und schirmen ihn massiv ab. Sie raten ihm offenbar davon ab, auf die Bühne zu gehen, weil die Situation für sie sonst nicht mehr beherrschbar wäre. Zweifellos würden die Fans noch viel mehr ausrasten, wenn er jetzt die Bühne beträte.

Rasch wird der Star in den engen Kreis seiner Personenschützer genommen und rasend schnell aus der Gefahrenzone zu einem Hintereingang des Hotels geführt, in dem der Pulk verschwindet. Es sah von der Bühne fast so aus, als ob sich der Gitarrist gegen die Aktion der Personenschützer gewehrt hat. Vielleicht ist er jetzt so enttäuscht, wie die »Boogisten« es sind.

Trotz alledem hört das Gedrängel durch die enttäuschten Fans nicht auf. Pete reagiert als alter Profi sofort und versucht, die Situation zu entschärfen, die selbst der Boogie-Band auf der Bühne jetzt gefährlich werden könnte. Er macht eine Ansage, um die heißen Fans abzukühlen. Es ist aber schwer, gegen die enorme Geräuschkulisse anzukommen, zumal zwei der Boxen auf Wunsch der »Rockband« abgestellt worden waren. Es zahlt sich jetzt aus, dass die erfahrenen Soundtechniker Vorsorge getroffen haben und jetzt mit nur einem Klick die Lautsprecher wieder in Betrieb nehmen. Mit dieser Unterstützung und mit aller Stimmgewalt scheint Pete jetzt zu den Fans durchzudringen:

»Liebe Fans. Das war er, kurz, aber immerhin ...« Es gibt Applaus, lautes Geschrei und Rufe nach Zugaben. »Aber nun ist er wieder im Hotel, und wir machen ohne ihn weiter. Also, bitte beruhigt euch wieder. Es war kurz, aber schön, und jetzt machen wir einfach für euch weiter. Heute Abend seht ihr die »Rockband« dann auf der Bühne. Viel Spaß dabei!«

Die Gruppe um Pete spielt jetzt einen betont langsamen Blues, die Aufregung legt sich dadurch nach und nach. Es macht sich Niedergeschlagenheit bei denjenigen breit, die ihr Idol nun nicht haben sehen können.

Die Musiker sind natürlich tief enttäuscht darüber, dass die Fans selbst den Auftritt ihres Idols ungewollt verhindern und damit auch ihnen die Chance auf dieses einzigartige Event genommen haben. Was wäre das für ein Erlebnis gewesen: ein gemeinsamer Song mit einem Gitarristen der »Rockband« vor der Weltöffentlichkeit. Was für eine wahnsinnige Geschichte! Einfach schade! Oder war alles nur ein

Traum, Fantasie, ein Doppelgänger, eine Luftspiegelung aus der Erinnerungswüste?

Als ungenannte »Vor-Vorgruppe« der »Rockband« ist unsere Truppe genau richtig gewesen, erinnert sich Andy in seinem Musikzimmer. Aber eine nette Geste vom Gitarristen an unsere Gruppe, deren Auftritt seinetwegen und wegen der anderen nur eingeschränkt hat stattfinden können, war es in jedem Fall. Der Gitarrist bleibt ihm jedenfalls sehr sympathisch in Erinnerung.

Das Bild von ihm, wie er schon fast mit dem Gitarristen gemeinsam auf der Bühne steht, hat sich ihm fest eingebrannt und taucht jetzt wieder klar und deutlich vor seinem geistigen Auge auf. Aber diese Geschichte spielt schon im neuen Jahrtausend, mit seiner aktuellen Band. Andy will in seinem Musikzimmer in Gedanken nun noch viel weiter zurückreisen und erinnert sich an seine ganz frühen Zeiten, als er als Jugendlicher begonnen hat, am Piano Blues und Boogie zu spielen und aufzutreten. Eine schöne, eine spannende Zeit, als für ihn alles neu gewesen war und er jedes Detail in sich aufgesogen hat, das ihm nur irgendwie bedeutend erschien. Diese Reise wollte die silberne Kugel mit ihrer Aktion also anregen, glaubt Andy. Sie hat es geschafft!

Andy nimmt nämlich den Stapel, von dem sich der Bericht über die »Rockband« selbstständig gemacht hatte, vom Regal herunter. Er enthält neben anderen Presseberichten über seine Auftritte mit verschiedenen Bands auch Fotos aus alten Zeiten. In den nächsten Tagen kramt Andy in den unergründlichen Tiefen seines Musikzimmers nach weiteren Unterlagen aus fernen Zeiten. Wie ein Archäologe legt er Schicht für Schicht frei, um die Relikte der Vergangenheit ans Tageslicht zu bringen – beginnend in der Mitte der Siebzigerjahre des letzten Jahrhunderts, als er seine musikalische Reise angetreten hat.

Er muss an seine unzähligen Erlebnisse rund um die Musik denken, die absurd, skurril, faszinierend, lustig, schicksalhaft und traurig zugleich sein können. Natürlich sind neunundneunzig Prozent der Auftritte erwartungsgemäß gelaufen. Aber es waren immer auch mal »Ausreißer« dabei. Andy hat sie als so außergewöhnlich und intensiv wahrgenommen, dass sie sich in seinem Gedächtnis unauslöschlich eingenistet haben. Sie müssen nur etwas entstaubt werden, indem man alte Artikel durchliest oder sich die wenigen Fotos und Videos anschaut, um die Erinnerungen vollständig zu reaktivieren.

Er findet sogar alte handschriftliche Notizen, die einen Hinweis auf eine Marotte von ihm geben. Er schreibt nämlich alle Ziffern aus, weil sie sonst, so befürchtet er, in bestimmten Kombinationen Unglück heraufbeschwören könnten. Diese Regel soll auch für dieses Buch gelten. Wer kennt sie nicht: die Unglückszahl dreizehn, die perfekte Zahl sieben in vielen Märchen. Die vier als irdische und die drei als göttliche Zahl u. v. m.

Er hat zum ersten Mal seit vielen Jahren viel Zeit für eine Retrospektive. Alle seine Auftritte sind nach Ausbruch von »Covid 19« nämlich abgesagt worden. Zum Glück hat Andy noch seinen Teilzeit-Lehrerjob als halbes Standbein und Rücklagen, um ein paar Monate ohne Jobs zu überstehen. Für viele Kolleginnen und Kollegen ist der Zustand allerdings existenzbedrohend. Auch die Staatshilfen sind häufig zum Leben zu wenig, zum Sterben zu viel. Andy fühlt sich nicht nur mit ihnen solidarisch, sondern handelt auch danach.

Zuerst kommt ihm bei seinem Rückblick seine erste Band, »The Boogie Stompers«, in den Sinn, mit den Musikern Rob, Mick, Mud, Mr. Foley und natürlich ihm selbst.

Andy lehnt sich in seinem bequemen Ledersessel entspannt zurück, legt seine Beine hoch, schließt die Augen und ruft sich die vielen Geschichten in Erinnerung, die er im Laufe seines langen Musikerdaseins erlebt hat.

Gegen den Wind

Sonntagmorgen. Die Band »The Boogie Stompers« ist vom besonders schön ländlich gelegenen »Music Club« engagiert worden. Blues 'n' Boogie zum Frühschoppen! Der Club hat vor vielen Jahren, mit viel Fleiß und Liebe, ein altes, von Wiesen und Feldern umgebenes Fachwerkhaus zu einem Musikeventschuppen mit Biergarten umgebaut.

Musiker, die Jazz oder eben Weltmusik spielen wollen, haben es in Deutschland nicht eben leicht. Anders als etwa in England oder Irland, wo Rock-, Folk- und Popmusik einen anerkannt wichtigen Teil der Kultur bilden, haben es Vertreter dieser Stilrichtungen in Deutschland immer noch schwer, Anerkennung zu finden. Sie sind deshalb auf Veranstalter angewiesen, die ihnen eine Bühne bieten. Und das ist bei dem »Music Club« im Münsterland der Fall.

Die Gruppe »The Boogie Stompers« hat sich im Ruhrgebiet und darüber hinaus bereits einen guten Namen erspielt. Das ist auch ihrem Manager Kalle zu verdanken. Nicht ganz zu Unrecht meint der, dass Musiker nicht mit Geld umgehen können, geschweige denn in der Lage sind, vernünftige Gastspiel-Verträge auszuhandeln. Kalles Vergütung, ein bestimmter Prozentsatz der vereinbarten Gage, liegt für die Musiker in einem erfreulich fairen, unteren

Bereich, sodass es sich also unterm Strich für beide Seiten auszahlt.

Keimzelle der Band sind Rob und Andy, die sich zufällig bei einem Konzert von James Booker, dem großartigen Pianisten aus New Orleans, begegnet sind. Sie haben etwas später im Jahre neunzehnhundertachtzig die fünfköpfige Blues- und Boogie-Band aus der Taufe gehoben. Das hat die beiden noch enger zusammengeschweißt – Seelenverwandte, wie Tom Sawyer und Huckleberry Finn.

Für die Band ist es heute schon das fünfte Konzert in unterschiedlichen Locations innerhalb von zwei Wochen. Andy ist wie immer am Piano, Rob ist zuständig für Gitarre & das »bisschen Gesang«, wie er es nennt. Das Saxofon bläst Mick, den Bass zupft Mr. Foley und am Schlagzeug swingt Mud.

Die Musiker reisen meist mit eigenen Fahrzeugen an. Das ist die Regel, denn das Equipment aus Instrumenten, Verstärkern, Kabeln und Bühnenkleidung etc. ist raumfüllend, und Platz wird da zur Mangelware.

Als Erstes fährt Rob mit seinem alten Ford Transit vor. Er parkt an der Rückseite des Clubhauses, wo sich der Bühneneingang befindet, nicht breiter als eine gewöhnliche Zimmertür. Es könnte sich früher um den Zugang zum Hühnerstall gehandelt haben.

Rob ist gertenschlank und hoch aufgeschossen, wie ein Leuchtturm, was als Frontman, Gitarrist und Sänger der Band von großem Vorteil ist. Er hat alle und alles im Blick. Rob ist Arzt und Psychiater. Diese Ausbildung ist für die Bandmitglieder Gold wert, denn bei Durchhängern einzelner Musiker hat er immer die richtigen Tipps. Sie nennen ihn dann »unseren kleinen Freud«, nach dem Begründer

der Psychoanalyse. Mit seinen achtundzwanzig Jahren wirkt Rob auf seine Bandkollegen doch schon recht gesettelt. Kein Wunder, dass ihm eine Führungsrolle zufällt, auch wenn es keiner ausgesprochen hat. Gleichwohl hat er sich seinen jugendlichen Elan erhalten, denn Musik ist der perfekte Ausgleich zu seinem stressigen Beruf.

Den Chef des Clubs, einen alten Jazzfan um die fünfzig namens »Jubi«, was auf seinen Hang zum dänischen Nationalgetränk »Jubiläums Aquavit« hinweisen soll, kennt er schon länger. Noch aus der Studentenzeit, als er mit einer anderen Formation häufiger im Club aufgetreten ist. Rob betritt zum gefühlt tausendsten Mal den Club durch die exklusive Bühnentür. »Künstlereingang« prangt darauf, in großen silbernen Lettern.

»Morgen, Jubi, Wetter heute kühl und unbeständig, wie es aussieht«, stellt Rob fest.

»Ja leider, ich fürchte wir müssen drinnen spielen. Aber du kennst ja die Münsterländer. Beim Frühschoppen im Sommer wollen die ja immer draußen Musik hören. Egal bei welchem Wetter.«

»Verstehe ich ja, aber die Instrumente sind so wahnsinnig wasserscheu. Da müssen die Hersteller noch dran arbeiten, etwa Regenanzüge für Gitarren anzufertigen«, antwortet Rob laut lachend.

Kurze Zeit später steht Andy vor der Backstage-Tür. Er und Rob begrüßen sich wie immer besonders herzlich mit einer festen Umarmung.

Andy ist erst dreiundzwanzig. Während seine Freunde Feuerwehrmann, Pilot oder besser noch Astronaut werden wollten, träumte Andy schon im Kindesalter davon, Kirchenorganist zu werden.

Im Alter von neun Jahren hat er dann auf eigenen Wunsch mit dem Klavierunterricht begonnen. Sein beruflicher Werdegang zum Berufsmusiker ist damit vorgezeichnet gewesen, zumal seine Mutter Cellistin war und ihn stets unterstützt hat.

Andy ist überhaupt nur deshalb zum Bluespiano gekommen, weil er Mitte der Siebziger die Hamburger Pianisten Vince Weber, Axel Zwingenberger sowie den deutschen Boogiepionier Leo v. Knobelsdorff hat live erleben können. Diese Musik hat ihn vom Fleck weg gepackt und geprägt. In Bands oder in Piano-Duos fühlt er sich auf der Bühne pudelwohl, tritt in Konzerten auch gerne als Solist unter Solisten auf.

Er studiert an einer Musikhochschule im fortgeschrittenen Semester. Er will unbedingt freischaffender Künstler bleiben, sich aber als Klavierlehrer eine regelmäßige Geldquelle schaffen.

Wie alle jungen Musiker träumt er vom Berühmtwerden, hat den Kopf im Himmel und ist ständig klamm. Andy gehört nicht zu dem Typus, der sich nach dem Auftritt im Hotel die Minibar über den Kopf stülpt, obwohl er wie alle jungen Leute gerne ausgelassen feiert. Er lässt gerne fünfe gerade sein, ist ein echter »Happy-Go-Lucky-Typ«. Bei Ungerechtigkeiten gegen sich und andere gibt's für ihn allerdings eine klare Grenze, die besser niemand überschreiten sollte.

»Hi Rob, wie viele Verkehrsschilder hast du denn heute plattgemacht?«, witzelt Andy und spielt dabei auf die verwegenen Fahrkünste von Rob an.

»Du kennst mich doch: alle!«, reagiert Rob lächelnd. »In der ganzen Umgebung steht nix mehr, man sieht nur niedergemähte Schilder. Ist auch besser so, für die Natur. Mehr Blumen, weniger Metallpfosten!«, antwortet Rob lächelnd und ergänzt: »Ich habe übrigens gerade mit Jubi gesprochen. Es regnet bestimmt später, und wir bauen deshalb drinnen auf!« – »Geht klar!«

Die arme kleine Tür zur Bühne wird von jedem Musiker brutal nach innen aufgetreten, da sie keine Hand frei haben, um die Klinke herunterzudrücken. Auch der voll bepackte Mick bildet da keine Ausnahme und malträtiert sie zusätzlich noch mit zwei schweren Koffern, in denen sich sein Saxofon und das Zubehör befinden und die er gerade als Rammböcke mit einem lauten Knall gegen die kleine Tür einsetzt.

Mick ist vierundzwanzig Jahre jung, spielt Tenor- und Altsaxofon sowie Klarinette. Ein Symphonieorchester ist sein festes Standbein. Er ist indes viel in der Sparte Jazz unterwegs, Crossover. Sein Terminkalender ist übervoll. Mick ist sensibel und gutmütig. Nur wenn ihn eine Erkältung erwischt, ist er zu allen und jedem unausstehlich.

»Tach, Jungs«, ruft er laut in den Saal. »Im Radio sagen sie Sturm und Hagel voraus. Also dafür ist mir meine Tröte zu schade, um damit draußen zu spielen. Blase ich hinten rein, kommt vorne kein Ton raus, sondern ein Springbrunnen.«

»Grüß dich, Mick, ist registriert! Jubi meint, wir bauen drinnen auf!«, sagt Rob.

»Hi Mick!«, grüßt ihn Andy und ergänzt scherzhaft: »Mir ist's Wetter egal, das Klavier gehört mir nicht. Aber im Ernst: Wie soll das funktionieren, bei der Kälte? Meine Finger wollen dann nicht so wirklich, nur nach dem Einsatz von Enteisungsspray.«

Der Sturm wird stärker und rüttelt an den Fenstern und

Türen des alten Clubhauses. Plötzlich wird die Bühnentür von einem heftigen Windstoß nach innen aufgedrückt und schleudert mit einem Riesenrums gegen einen massiven Holzschrank. Den Anwesenden fährt der Schreck in die Glieder. Alle ducken sich reflexartig. Urängste machen sich breit, aus einer Zeit stammend, als der Mensch den Naturgewalten noch hilflos ausgeliefert gewesen ist.

Der Sturm trägt jede Menge Staub von den umliegenden Feldern sowie Zweige und Blätter in den Club. Die Musiker und Jubi kneifen instinktiv die Augen zusammen und drehen sich weg, um sich vor dem umherwirbelnden Dreck zu schützen. Durch den sich ausbreitenden Staubnebel beträgt die Sicht im Raum gerade einmal einen Meter. Der Luftwirbel tobt sich innen noch etwas aus, weil ein zusätzlich aufgestoßenes Fenster für kräftigen Durchzug sorgt. Sämtliche Bierdeckel werden von den Tischen und der Bar gefegt. Sogar einige Gläser gehen zu Bruch, und selbst der schwere Bühnenvorhang steht für ein paar Sekunden fast waagerecht in der Luft.

Als sich die Staubwolke endlich etwas lichtet, zeichnet sich im Türrahmen die bedrohlich wirkende Silhouette eines großen, kräftigen Mannes ab. Unheimlich, wie der Auftritt eines Revolverhelden in einem Western.

Jubi erstarrt, hatte er doch gerade gestern noch was über den Wettergott Thor gelesen, und der kommt ihm jetzt in den Sinn. Doch als der Staub langsam zu Boden rieselt und die Sicht wieder klarer wird, entpuppt sich der Revolverheld zum Glück als Schlagzeuger Mud. Aber was für eine Analogie mit Thor! Denn wenn Mud an seinem Schlagzeug so richtig loslegt, muss er keinen Vergleich mit dem Sound von Thors Hammer scheuen.

Mud ist erst einundzwanzig und der Schönling der Band, ein Mädchentyp, der sich dessen aber nicht bewusst ist. Wenn er eine feste Freundin hat, ist er eine treue Seele. Mud gehört zu den wenigen, die als Spitznamen den Spitznamen eines anderen tragen, nämlich den des berühmten Bluesmusikers »Muddy Waters«, den Mud sehr verehrt und der mit bürgerlichem Namen McKinley Morganfield heißt. Der Spitzname »Muddy Waters« soll ihm von seiner Mutter verpasst worden sein, weil er als kleiner Junge gerne im schlammigen Wasser eines Flusses gespielt hat und danach entsprechend ausgesehen hat.

Drummer Mud hat eine frappierende Ähnlichkeit mit Sting, was er aber nicht hören mag. Er vergleicht sich lieber mit dem jungen Clint Eastwood aus »Rawhide« oder mit »Django« Franco Nero. Wenn man ihn so anschaut, glaubt man nicht, dass er Jura studiert. Er möchte sogar mal Staatsanwalt werden. Dazu will sein steter Hang zum nicht legalen Hasch so gar nicht passen.

Mud tritt ein und muss einige Kraft aufwenden, um die Tür gegen den enormen Winddruck überhaupt von innen schließen zu können. Das will schon was heißen, denn Mud ist ein kräftiger junger Kerl, groß gewachsen und durchtrainiert bis in die letzten Sehnen. Der Sturm in dem Club legt sich. Mud guckt in die angespannten Gesichter und ruft laut, ganz unschuldig:

»Willkommen, die Drachenflugsaison ist eröffnet! Eine Autobahn haben sie wegen Sturm und eingeschränkter Sicht schon gesperrt. Echt heftig. Aber ich sehe schon, ihr baut drinnen auf, man verzichtet also selbst im Münsterland auf einen Frühschoppen im Freien. Aber erst mal sorry für den Lärm. Der Wind hat mir doch glatt die Tür aus der Hand gerissen. Tut mir leid, wenn ich hier so reingestürmt bin.«

»Sei dir da mal nicht so sicher, mit dem Drinnenspielen!«, antwortet Jubi. Ihn hat der Windstoß etwas verunstaltet, denn sein sonst perfekt sitzendes Haarteil konnte dem Sturmangriff nichts entgegensetzen und hat sich selbstständig gemacht. Das Malheur wird von den Anwesenden natürlich dezent übersehen. Nach intensiver Fahndung entdeckt Jubi es in drei Metern Höhe über der Bühne, von einem Lampenschirm herunterhängend.

»Wie jetzt, wollt ihr ernsthaft draußen …?«, fragt Mud verwundert. »Nein!«, stellt Jubi klar. »Wir wollen sicher nicht draußen spielen lassen. Aber ihr kennt ja die Leute hier, die sehen das vielleicht etwas anders. Und von denen leben wir alle!« »Verstehe«, antwortet Mud und begrüßt erst mal die Kollegen.

Als Mud sein Schlagzeug aufbaut und gerade noch die Fußmaschine für die Bassdrum anbringt, sieht er auf seiner Snare Drum auf einmal einen toten Vogel liegen. Er schaut mit kritischem Blick nach oben, um zu prüfen, ob vielleicht noch mehr Vögel von der hohen Decke herunterzufallen drohen. Als er genauer hinschaut, stellt sich heraus, dass es sich bei dem »toten Vogel« um das vermisste Haarteil von Jubi handelt, das sich dazu entschlossen hat, seinen Ausflug auf den Lampenschirm über der Bühne zu beenden und in die Reichweite seines Herrchens zurückzukehren.

Mud trägt es mit spitzen Fingern zu Jubi, der den Ausbrecher wortlos mit einem verlegenen Lächeln entgegennimmt. Mud wollte eigentlich noch sagen: »Zum Waschen und Legen«, aber er verkneift sich den Spruch lieber. Sonst wäre das heute vielleicht ihr letzter Auftritt im Club. Und das wäre wirklich schade, denn so zuvorkommend und hilfsbereit, wie sich die Clubmitglieder gegenüber den Künstlern verhalten, sind sonst nur sehr wenige Veranstalter.

Das Publikum trifft nach und nach ein, und es kommen wirklich vereinzelte Stimmen auf, das Konzert doch draußen stattfinden zu lassen, weil der Sturm tatsächlich etwas nachgelassen hat. Was kann Jubi da machen!? Er will niemanden verärgern. Deshalb beschließt er, das Publikum zu befragen, ob es lieber draußen oder drinnen Musik hören möchte. Es soll zu einem Akt demokratischer Abstimmung kommen. Aus der Geschichte der Menschheit weiß man allerdings, dass solche Ideen nicht immer gut ausgehen.

Für die Musiker ist die Sache sowieso klar: NICHT draußen spielen, vor allem wegen der Instrumente, die nicht feucht oder gar nass werden dürfen. Der Himmel ist unruhig. Der Chef vom »Music Club«, Jubi, wendet sich an die Musikfans, die sich draußen versammelt haben. Jubi kommt sich vor wie der erste Redner auf einer Demo, dabei ist er doch durch und durch apolitisch, denkt er sich:

»Morgen an alle! Also, wie ihr alle merkt, ist es nicht besonders warm. Das soll sich nach dem Wetterbericht, den ich mir eben noch mal angehört habe, auch nicht ändern. Vielleicht regnet es sogar noch einmal, ganz abgesehen von starken Windböen. Die Frage ist, wie wir uns jetzt entscheiden. Ich weiß, dass ihr euch alle auf unser traditionelles Frühschoppen-Open-Air freut, aber wollen wir das heute wirklich machen?«

Was jetzt folgt, ist eine Lehrstunde in Gruppendynamik und Basisdemokratie. Ein selbstbewusster, in Ehren ergrauter Herr, Typ Studienrat, ergreift das Wort: »Also, wir kommen extra zu diesem Open-Air hierher. Jedes Jahr, bei jedem Wetter. Wir sind alle Münsterländer und haben wegen so was doch noch nie gekniffen! Jeder hat außerdem einen Mantel, was soll's also. Wenn's gar nicht geht, dann gehen wir halt rein.«

Aus der Gemeinde ertönen erste zaghafte und dann zahlreicher und lauter werdende Rufe der bedingungslosen Zustimmung: »Jau … Ja … Aha … Jo … Aber hallo! … Genau …«

Der liebe Gott steht augenscheinlich ganz auf der Seite des selbst ernannten Anführers, als er kurz einen halben Sonnenstrahl durch eine winzige Lücke der dichten, dunklen Wolken schickt und so ganz nebenbei auch noch Windstille eintritt. Die Mehrheit entscheidet sich unter diesem flüchtigen Eindruck per Akklamation für: »Draußen!«

Die Musiker sind dagegen, aber machtlos. Wie heißt es doch immer: Wer die Musik bestellt, bestimmt nicht nur, was, sondern auch WO gespielt wird! Also machen die Musiker gute Miene zum im wahrsten Sinne des Wortes bösen »Spiel«.

Dazu werden nun alle Instrumente inklusive der Technik von drinnen nach draußen befördert und erneut aufgebaut. Andy meint leise zu den Kollegen: »Mir frieren da draußen gleich die Finger ab, mit Handschuhen kann man sowieso nicht Klavierspielen, also besonders virtuos wird das nicht.«

»Geht uns allen so, Andy. Schätze, da müssen wir jetzt durch. Vielleicht gibt's einen Heizstrahler oder so was. Ich frage mal nach …«, verspricht Rob. Wenig später kommt er zurück und berichtet Andy: »Ein Heizgerät haben die natürlich nicht.«

In letzter Sekunde, wie fast immer, erscheint der Bassist »Mr. Foley«. Er ist der Einzige, der mit seinem Nachnamen angesprochen wird. Er hatte sich bei der ersten Begegnung mit Andy und Rob furchtbar förmlich als »Mr. Foley« vorgestellt. Dabei ist es dann geblieben. Heute ist es sein Markenzeichen.

Farrell Foley stammt aus Irland, ist fünfundzwanzig und ist ein auf der Musikhochschule in Dublin ausgebildeter Berufsmusiker. Und aus einer Seeräuber-Familie stammt er auch, worauf er ganz besonders stolz ist. In Irland ist es ganz unmöglich, ohne Musik aufzuwachsen. Schon gar nicht in seinem Heimatort Ennis, im County Clare. Die irische Folk Music ist berühmt und hat dort eine lange Tradition. Mr. Foley ist geradezu »narrisch« auf die deutsche Bratwurst – für sie lässt er alles stehen und liegen, sogar seine Pünktlichkeit.

Die Musiker nehmen kurz darauf auf der Bühne Aufstellung und beginnen professionell gut gelaunt ihren Auftritt bei Wind und Kälte. Nach dem dritten Titel bemerken sie, dass der Wind, wie vorhergesagt, deutlich stärker wird und sogar vereinzelt erste Regentropfen mit sich führt. Aber noch geht es einigermaßen, da die Band direkt an der Wand des Gebäudes unter einer kleinen Markise zumindest etwas windgeschützt steht. Das Publikum ist da klar im Nachteil.

Die Musiker können während des Spielens gut beobachten, wie die Menschen nach und nach von den Klappstühlen aufstehen und die Mäntel im Wind wehen. Der bläst nun immer stärker und geht mächtig durch die Bäume, deren Äste hin und her gewirbelt werden. Der Wind hat gedreht und kommt jetzt von der Seite, was für die Bluesmusiker besonders unangenehm ist, weil ein folgender Regenschauer auch sie treffen würde.

Ein Teil des Publikums ist bereits ins Clubhaus geflüchtet. Einige Zuhörer bleiben trotzdem eisern und demonstrativ draußen stehen und wollen so dem Wetter trotzen. Besonders die Gruppe um den Rädelsführer »Pro Draußen«, die ihre drohende Niederlage nicht akzeptieren will, tut sich jetzt damit hervor. Da zeigt sich ganz praktisch, wie sich eine Menschenmasse von einer einzigen Person zu einem sinnfreien Tun verführen lässt.

Bei diesem Schauspiel muss Psychiater Rob unwillkürlich an das uralte Standardwerk »Psychologie der Massen« von Gustave Le Bon denken, das er in seinem Studium regelrecht in sich aufgesogen hat. Es beschreibt genau diese Vorgänge.

Rob und seine Kollegen befürchten nach einem kritischen Blick zum Himmel, der immer dunkler wird, dass es bald sehr ungemütlich werden könnte. Bei ihren Instrumenten verstehen die Musiker nämlich keinen Spaß. Nicht nur, weil diese teuer sind, sondern für Musiker sind sie wie ihre Kinder, wie beste Freunde, ihr Ein und Alles. Das Instrument versteht einen und es antwortet. Wenn ihrem Freund etwas passierte, könnten Musiker sehr fuchsig werden. Deshalb hüten sie ihre Instrumente wie ihre Augäpfel, es darf sie niemand anfassen. Sie werden auch an niemanden ausgeliehen. Und vor allem darf keine Flüssigkeit darüber laufen! Und Regen ist Flüssigkeit!

Die Band macht daher jetzt mit Handzeichen ordentlich Druck auf »Jubi«. Als die ersten Tropfen fallen, hat Jubi endlich ein Einsehen und dirigiert die noch im Biergarten befindlichen Gäste nach drinnen, die dem Aufruf inzwischen gerne folgen. Sie machen einen erleichterten Eindruck, weil sie ohne Gesichtsverlust Schutz suchen können. Natürlich geht der Rädelsführer als Letzter, aber immerhin: Auch er geht in den Club. Seinem Gesichtsausdruck merkt man die erlittene Niederlage deutlich an. Das Leben steht gelegentlich doch auf der Seite der Vernunft.

Schnell wird nun den Musikern in einer Notaktion geholfen, die Instrumente nach drinnen zu tragen und vor allem das hauseigene, neue und teure Klavier in Sicherheit zu bringen. Innen wird alles wieder aufgebaut. Die Band ist erleichtert, und der Gig geht mit etwas Verzögerung weiter.

Nach dem ersten Set ruft Jubi die Gäste zum traditionellen Würstchenessen auf – draußen laufen die regengeschützten Grills schon seit einiger Zeit. Mr. Foley ist mit einem Sprint der Erste an der Essensausgabe und schnappt sich gleich eine Bratwurst.

Das Publikum kommt auch nach draußen, und siehe da: Der Wind hat sich gelegt, der Regen aufgehört. Die Band befürchtet, nun alles wieder unter freiem Himmel aufbauen zu müssen. Aber derartige Forderungen werden nicht mehr erhoben. Selbst der Rädelsführer schweigt. Die Musiker sind's zufrieden und legen einen erstklassigen, viel beklatschten Auftritt auf der Bühne des Clubhauses hin.

Andy fragt: »Du Rob, wenn ich irgendwann mal ein Buch über unsere schrägsten Geschichten schreiben würde, meinst du, die glaubt uns einer?«

»Hm, schwer zu sagen. Musikanten wie wir glauben die schon. Andere Leute hoffentlich auch, denn so was kann man sich ja gar nicht ausdenken! Also ich jedenfalls nicht!«

»Ja, ich auch nicht. Wenn du das auch meinst, vielleicht schreibe ich dann tatsächlich eines Tages ein Buch darüber.

So in vier Jahrzehnten. Dann wäre ich fast Mitte sechzig«, meint Andy. »Und deine Kinder um die dreißig!«, ergänzt Rob. Andy antwortet: »Kinder sind finanziell nicht drin. Mann, hör auf, das sind ja Lichtjahre von hier.«

»Ich fürchte, Andy, das kommt dir nur so vor. Genieße jeden Augenblick, jede Sekunde, jeden Tag deines Lebens. Und freue dich an allem. Selbst etwas Winziges wie eine Butterblume am Wegesrand ist es wert, genau betrachtet zu werden und sich an ihr zu erfreuen. Es sind doch die kleinen Dinge des Lebens, die uns beglücken sollten! Und Leben hast du nur eins!«

»Rob, an dir ist ja ein Philosoph verloren gegangen. So habe ich das noch gar nicht betrachtet!«, stellt Andy erstaunt fest.

Die Band absolviert am Abend wie geplant noch ihren zweiten Auftritt im Club, der ohne Sturm, ohne Regen und vor allem ohne die Streiche eines Rädelsführers problemlos verläuft.

Bei Dunkelheit ist die Atmosphäre im Club viel dichter. Das Publikum sitzt näher an der Bühne. Es gibt sogar die Möglichkeit, von der oberen Etage auf die Bühne herabzublicken. Die Musiker befürchten allerdings auch zu Recht, dass einem Gast mal ein Bierhumpen aus der Hand und ihnen auf den Kopf fallen könnte. Dieselben Ängste, wie sie Majestix vor dem Himmel hat.

Die Wand hinter der Bühne ist mit unendlich vielen Plakaten von Bands beklebt, die einmal im Club gespielt haben und die es zum größten Teil schon gar nicht mehr gibt. Das Plakat der »Stompers« wird eines Tages auch dazu gehören, sagt Andy voraus. Er wird recht behalten. Das Musik-Business ist schnelllebig, ein einziges Kommen und Gehen, aus unterschiedlichen Ursachen. Es geht nur um die Frage, wie lange sich eine Besetzung halten kann. Eine Band stirbt spätestens mit ihrem Publikum, so einfach wie irdisch ist das. Aber welche Gruppe existiert schon so lange?

Laaangeweile

Andy und seine Freunde steuern nach den beiden Konzerten im Club das vom Veranstalter gebuchte Hotel an. Es befindet sich direkt neben der stolzen Dorfkirche mit einem beachtlich großen Glockenturm. Die Musiker gehen auf ihre einfachen, aber sauberen Zimmer. Vom Hotelzimmer im ersten Stock schaut Andy in die schnurgrade verlaufende Durchgangsstraße dorfauswärts.

Wie immer steht er noch unter den mannigfachen Eindrücken der beiden Auftritte und kann deshalb nicht sofort einschlafen. Im Fernsehen läuft um diese Uhrzeit wie immer nichts Interessantes, die ausgelegte Zeitschrift ist langweilig, es sei denn, man interessiert sich für Schweinezucht. Es ist vollkommen »boring«, wie Mr. Foley jetzt sagen würde, Langeweile ohne Ende.

Andy schaut aus dem Fenster und da fällt ihm auf, dass gerade ein Mann die Kneipe des Hotels verlässt. »Voll wie ein Eimer« kann er sich kaum auf den Beinen halten, läuft aber trotzdem scheinbar zielsicher in die gerade Straße. Das sieht nach bester Unterhaltung aus, und Andy verfolgt von seinem Logenplatz aus gespannt den weiteren Weg des Barfreunds.

Es ist zum Glück mitten in der Nacht und es sind keine

Autos auf der Straße unterwegs, die der »Nachteule« gefährlich werden könnten. Andy wagt keine Prognose darüber, ob der Mann laufen kann oder vorher umfällt. Er schließt mit sich selbst eine Wette ab. Sollte der Betrunkene die Strecke erfolgreich bewältigen, darf Andy sich die in seiner Reisetasche befindliche Flasche Bier gönnen, wenn nicht, gibt's halt nur einen Zahnputzbecher mit Leitungswasser.

Der Betrunkene mittleren Alters peilt nun seine erste Etappe an: den unweit von ihm befindlichen Laternenmast auf dem Bürgersteig. Er strauchelt beim Laufen mehrfach bedrohlich, schafft es vor dem Fall aber gerade noch, den Mast zu erreichen und bei ihm, wie an einem guten Freund, Halt zu finden. Es sieht nicht gerade elegant aus, aber für seinen Zustand hat er eine befriedigende Haltungsnote verdient, lobt ihn Andy anerkennend. Der Mann ist nun merklich orientierungslos und scheint ganz außer Atem zu sein, hat sich aber bereits den nächsten Halt ausgeguckt: die Hauswand auf der anderen Straßenseite. Vielleicht wohnt er dort, sonst würde es wenig Sinn machen, die Straße zu überqueren, mutmaßt Andy. Aber bei dem Zustand darf man wohl nicht nach irgendeinem Sinn seines Tuns suchen.

Der Orientierungsläufer löst sich nun vom Laternenmast und scheint es eilig zu haben. Er will flugs die andere Straßenseite erreichen, bevor er umfällt. Einen Sturz muss er unbedingt vermeiden, da er ziemlich sicher aus eigener Kraft nicht mehr aufstehen könnte, wenn er erst einmal am Boden liegt. Die Straßen sind menschenleer, keiner könnte ihm helfen. Nur Andy würde als guter hilfsbereiter Engel selbstverständlich herbeifliegen, falls es erforderlich werden sollte.

Eine unsichtbare Kraft drückt den Oberkörper des betrunkenen Mannes so massiv nach unten, dass sein Kopf sich fast in der Waagerechten befindet, er also nur das Straßenpflaster sehen wird. Der Körper wäre in dieser Stellung schon für einen Nüchternen kaum in der Balance zu halten. Das untere Körperteil muss nun dem nach vorne kippenden oberen Teil schon hinterherlaufen, um ihn einzuholen und so den ganzen Mann vor dem Umfallen zu bewahren. Reine Physik!

Und tatsächlich schafft es der Mann auf diese Weise, die andere Straßenseite, wenn auch unsicher, zu erreichen. Dabei rudert er noch wie wild mit beiden Armen, um mit dieser noch nicht ganz ausgereiften Technik die gegensätzlich wirkenden Kräfte auszugleichen. Das gelingt ihm im Großen und Ganzen, zum erheblichen Erstaunen des Punktrichters am Hotelfenster. Insgesamt mutet das ganze Spektakel wie ein exzentrischer Ausdruckstanz an, und das hat tatsächlich etwas Künstlerisches, stellt Andy begeistert fest. Das könnte ihm kein Fernsehprogramm bieten. Der Mann lässt sich nun von der angepeilten Hauswand gegenüber regelrecht auffangen und stützt sich mit den Handflächen an ihr ab. Diese Endhaltung sieht aber insgesamt doch unelegant aus, weshalb für Andy ein Punktabzug bei der Haltungsnote gerechtfertigt scheint.

Der Mann steht nun wortwörtlich mit dem Gesicht zur Wand und muss offenbar erst einmal kräftig durchschnaufen und sich neu orientieren. Er rollt seinen Körper an der Mauer um seine senkrechte Achse, bis er mit dem Rücken an der Wand lehnt. Dort steht er eine Weile still. Andy glaubt, dass er weiter an der Wand entlanglaufen wird und bald zu Hause ist. Aber es sieht jetzt so aus, als würde er wieder auf die andere Straßenseite zurückwollen. Denn diese peilt er nun an. Andy schwant, dass dahinter mehr Taktik steckt, als er vermutet hat. Der Mann läuft nämlich stets leicht schräg über die Straße, sodass er sich tatsächlich vom Hotel entfernt. Sehr umständlich, aber gut, jedem Tierchen sein Pläsierchen.

Der Betrunkene stößt sich mit beiden Händen von der Wand ab, der Oberkörper fällt erneut nach vorne, und noch einmal läuft der Mann mit wild rudernden Armen, seinem vorauseilenden in der Waagerechten befindlichen Oberkörper hinterher, bis er an der gegenüberliegenden Hausfassade anschlägt.

Andy ist von dem nächtlichen Schauspiel ganz gefesselt, aber auch in Sorge um diesen »Gummimenschen«, der aus einem Zeichentrickfilm entsprungen zu sein scheint. Er schaut weiter ganz gebannt zu, wie sich der Mann gefühlte fünfzig Mal schleifenförmig von Straßenseite zu Straßenseite, von Hauswand zu Hauswand, die Straße hocharbeitet, bevor er in eine Seitenstraße taumelt und nicht mehr zu sehen ist. Diese Vorführung war wirklich zirkusreif. Andy zollt dem Artisten Respekt für seinen unbändigen Willen; so etwas hat er noch nie gesehen. Für eine Strecke, die ein nüchterner Mensch in zwei Minuten zurücklegen könnte, benötigte der Alkoholisierte über eine halbe Stunde.

Das Bier gönnt sich Andy trotzdem, denn ob der Mann sein Ziel tatsächlich sturzfrei erreicht hat, bleibt letztlich ungeklärt. Andy geht nach dieser kostenlosen, komischen Aufführung schlafen, wie immer so um drei Uhr, da wummert es plötzlich von unten her, aus der Disco des Hotels. Andy macht das wahnsinnig. Es ist wie häufig: Die Musiker kriegen mal wieder die schlechtesten Zimmer, diesmal über der Disco. Zum Glück ist dann nach einer Stunde endgültig Schluss, und Andy kann endlich einschlafen.

Nach nur fünf Stunden Schlaf wird er von einem dermaßen ohrenbetäubenden Lärm aus seinen Träumen gerissen, dass er vor Schreck fast aus dem Bett fällt. Pünktlich um neun Uhr ruft nämlich das Läutwerk der benachbarten Kirche zum Gottesdienst. Die Glocken dröhnen so laut, dass selbst dieser tapfer heimgetorkelte Kneipengast aus der letzten Nacht gerade senkrecht im Bett sitzen müsste.

Mit den Kollegen hat sich Andy zum Frühstück verabredet und geht in den großen, schönen Frühstücksraum, in dem ein reichhaltiges, üppiges Buffet aufgebaut ist, von dem sich die Hotelgäste bedienen. Nur seine Kollegen sind noch nicht da. Man scheint ihm den Musiker von Weitem anzusehen:

»Sie sind vom Music-Club, nicht wahr?!«, will die Servicekraft von ihm wissen, was Andy wahrheitsgemäß bestätigt. »Dann folgen Sie mir bitte!«

Andy trottet ihr brav und folgsam hinterher. Und raus geht es, aus dem schönen lichten Frühstücksraum mit dem großen Büffet, in einen kleinen, sparsam möblierten Nebenraum, in dem schon die Bandkollegen an einem vergleichsweise spärlich gedeckten Tisch frühstücken. Andy begrüßt die müden Kollegen mit einem verschlafenen »Hallo Jungs« und ahnt: »Aha, wir sind also mal wieder nicht gut genug, um mit den anderen Hotelgästen zusammensitzen zu dürfen.« Das ist wirklich diskriminierend. Darüber ist er stinksauer, macht aus seinem Herzen keine Mördergrube und sagt zu der Kellnerin:

»Damit bin ich nicht einverstanden, und ich rede auch für

meine Kollegen. Wir werden hier abgesondert und bekommen außerdem ein zweitklassiges Frühstück!«

Die Bedienung antwortet: »Nein, so dürfen Sie das nicht verstehen. Wir haben gedacht, es wäre einfach schöner für Sie, wenn Sie unter sich sein könnten!« Über diese dämliche Ausrede ist Andy wirklich baff und er sagt, schon sauer gefahren:

»Der Unterschied ist ganz einfach, dass nebenan ein wirklich großzügiges Buffet steht, und der Raum modern und licht ist. Das hier ist ein kleines abgesondertes Zimmer, ohne das alles!«

»Ja, aber Sie bekommen von uns doch alles, was Sie wollen, gebracht!«, erklärt die Servicekraft.

»Aha, wenn das so ist, dann hätten wir gerne alles das, was die nebenan auch haben. Oder bezahlt der Club weniger für die Zimmer?«

»Ohhhh, nein, also … da muss ich erst meine Chefin fragen, wissen Sie!?«, sagt die Bedienung empört.

»Dann tun sie das!«, antwortet Andy nachdrücklich.

Die Kollegen stärken ihm den Rücken. Kurz darauf taucht tatsächlich die Chefin auf und erklärt eingeschnappt: »Sie sind mit uns nicht zufrieden?«

»Ich will nur wissen, warum wir hier ein zweitklassiges Frühstück bekommen! Und im Zimmer habe ich wegen der Disco auch kein Auge zugetan. Ich meine, wir alle haben gestern den ganzen Tag bis zwei Uhr in der Nacht hart gearbeitet! Da darf man doch auch etwas Ruhe haben, oder?!«

Die Chefin sieht Andy mit großen Augen an und scheint zu überlegen, wie sie jetzt reagieren soll. Schließlich sagt sie, bemüht höflich:

»Wenn die Herrschaften das so sehen … Wir decken gerne in dem großen Raum für Sie auf! Es braucht aber dafür ein bisschen Zeit.« Diese Einladung muss sich die Chefin selbst hart abringen. Das ist ihr deutlich anzumerken. Sie entschwindet flugs aus dem Raum und gibt draußen hektische Anweisungen an die Servicekraft.

»Bravo, Andy«, lobt ihn Rob, »das musste mal dringend gesagt werden. Da können wir gleich richtig reinhauen! Bingo, geht doch.«

Also ziehen alle fünf nach ein paar Minuten in den schöneren Raum um und plündern jetzt erst recht das Buffet. So schnell können die Bedienungen gar nicht gucken. Die anderen Gäste im Frühstücksraum wurden offenbar vorgewarnt. Jedenfalls wurden sie in einer Hauruckaktion vor den Künstlern in Sicherheit gebracht. Vermutlich ins Restaurant. Aber Andy hat für die Band einen klaren Punktsieg erreicht und wird verdient gefeiert.

Musiker sind für viele halt noch immer unstete, ungehobelte und asoziale Typen. Gerade auf dem Lande halten sich solche Vorurteile hartnäckig, leider. »Leute, bringt eure Töchter in Sicherheit! Musikanten sind in der Stadt!« Andy ist froh, dieses unfreundliche Hotel verlassen zu können und endlich wieder nach Hause zu kommen, um sich mal richtig auszuschlafen.

Beim nächsten Auftritt im Club wird ihnen bekannt, dass das Hotel von dort keine Buchungen mehr annimmt. Sie werden jetzt in einer sehr netten, einfachen Pension untergebracht. Der Besitzer öffnet nach jedem Auftritt extra für die Musiker sogar seine Bar für ein paar kleine Absacker. Er hat selbst einmal in einer Combo gespielt und bringt alles Verständnis für die hart arbeitende Band auf. Und es gibt weder Disco in der Nacht noch Sturmgeläut am nächsten Morgen.

Das Geburtstagsständchen

Der Manager Kalle hat eine ganze Reihe von Kontakten, und so kommen regelmäßig Auftritte für die Musiker zustande. Die Bandmitglieder nennen Kalle »den Unerreichbaren«, weil seine Wohnung irgendwo in der Betonwüste des Ruhrgebiets liegt, in einem Wirrwarr aus Einbahnstraßensystemen, Unter- und Überführungen, sodass die Adresse auf Anhieb nie wirklich zu finden ist.

Es ist Samstag. Kalle hat die Band für eine Geburtstagsparty gebucht. Ein Chefarzt wird fünfzig und feiert groß. Er hat die Band bei einem Festival in Köln auf großer Bühne gehört, gesehen und ist ganz begeistert. Die Gage ist super, da springen pro Nase dreihundert D-Mark raus. Das reicht locker für eine Monatsmiete incl. Nebenkosten. Also ein wahrhaft warmer Regen in die stets klammen Geldbörsen der Musiker.

Das Wetter könnte besser nicht sein. Der Chefarzt wohnt irgendwo weit außerhalb von Radevormwald, also Pampa hoch drei. Die Adresse ist abgelegen und nicht einfach zu finden. Die Wegbeschreibung ist kümmerlich, aber die Musiker sind von Haus aus versierte Fährtensucher und finden fast auf Anhieb die versteckt liegende Zufahrt. Hinter einem geöffneten, schmiedeeisernen Tor führt eine schmale Asphaltstraße mit kleinen Schlaglöchern zunächst bergauf, durch einen dunklen Wald mit altem Baumbestand aus hochgewachsenen Fichten. Nach fünfhundert Metern öffnet sich eine Lichtung.

Auf einem Hügel sehen die Blueser eine wirklich riesige Villa liegen, so groß wie ein Kaufmannspalast aus der Gründerzeit. Die stets abgebrannten Bandmitglieder sind beeindruckt. Andere wären bei diesem Anblick vielleicht neidisch, aber dieses Gefühl kennt die Band nicht. Wo dieser Reichtum herkommt und wem hier wirklich was gehört, ist für sie nicht weiter von Interesse. Entscheidend ist der Mensch, und der Veranstalter Gerd soll ein cooler Typ sein.

Es ist früher Nachmittag und die Party läuft schon seit einiger Zeit. Offenbar wurden schon die ersten alkoholhaltigen Getränke ausgeschenkt. Entsprechend fröhlich sind denn auch die Gäste, und vor allem der Hausherr, das Geburtstagskind Gerd, ist schon gut drauf.

Er begrüßt die Band an der Einfahrt zur Villa. Sein Stand scheint nicht mehr ganz so fest zu sein, jedenfalls, scherzen die Musiker, wäre ihm eine Operation in dem Zustand nicht mehr zuzutrauen, »oder gerade dann, je nach Belieben«, flachst einer der Musiker leise.

»Ihr seid die Reisenden in Sachen Boogie, richtig?«

»Richtig, Chef«, antwortet Rob. » ›The Boogie Stompers‹, genauer gesagt, und heute zu Ihnen angereist. Aber erst einmal: Herzlichen Glückwunsch zu Ihrem runden Geburtstag und alles Gute!«

Rob wollte erst gar nicht gratulieren, macht es aber dann doch, stellvertretend für alle. Er selbst findet nämlich, dass beim Geburtstag nicht dem Geborenen gratuliert werden solle, da er zu seiner Geburt nichts beigetragen hätte.

Genau genommen hätte Rob den Arzt mit »Herr Kollege« ansprechen können, aber er hat sich angewöhnt, seinen wahren Beruf bei Auftritten nicht zu verraten. Das würde nur zu Missverständnissen und zu falschen Fragen führen. Er hat jedenfalls die schlechte Erfahrung gemacht, vom Publikum nicht mehr als Musiker wahrgenommen zu werden.

»Danke, Jungs. Ich bin der Gerd. Ihr hebt euch schon mal von den anderen hier angenehm ab«, nuschelt Gerd. Die Fahne ist nicht zu überriechen. »Die meisten haben mir heute nämlich ›herzliches Beileid‹ gewünscht. Kann ich gar nicht verstehen, mir geht's doch super!«, scherzt Gerd, lässt sich gerne ein wenig von Rob stützen und zeigt der Band ihren Platz zum Aufbau ihres Equipments auf der Sonnenterrasse. Im Garten sind Tische, Stühle, Sonnenschirme aufgestellt, und ein paar Leute sitzen auch schon da.

»Das ist alles Familie, die Freunde kommen nachher. Dann wird auch die zweite Runde des Menüs angeliefert. Das ist übrigens meine Frau«, erklärt Gerd mehr so nebenbei und zeigt mit dem linken Daumen auf die Dame neben ihm. Wertschätzung sieht anders aus.

Seine Frau Gaby ist Anfang vierzig, äußerst attraktiv und scheint sich dessen auch bewusst zu sein; allerdings ist sie dafür überflüssigerweise zu heftig geschminkt. Weniger wäre mehr. Sie hat blaue Katzenaugen, so tief wie ein Brunnen, mit denen sie Mud fixiert und regelrecht auszieht. Er ahnt: Wer dort hineinfällt, ist verloren. Mud kennt diese Anmache schon, und es ist ihm den anderen Kumpels gegenüber etwas peinlich. Er kann ja nichts dafür, dass er so gut aussieht.

Gabys Begrüßung der Musiker, die in ihrer überholten Hierarchievorstellung noch unterhalb des Dienstpersonals stehen, fällt blasiert aus, aber Gaby wird das leicht Abgehobene buchstäblich bald fallen lassen.

Unmittelbar an der sonnigen Terrasse, der heutigen Bühne, befindet sich ein Treppenabgang, der zu den üblichen Wirtschaftsräumen sowie einem Fitnessstudio und einem Gästeschlafzimmer mit selbstfedernden Betten führt, wie sie Insider nur aus St. Pauli kennen und lieben.

Das Klavier des Hauses steht erstaunlicherweise wirklich frisch gestimmt bereits auf der Terrasse, und die Musiker werden sogar durch zwei Ampelschirme vor zu viel Sonne geschützt. So viel Aufmerksamkeit erleben sie selten.

Die Band baut wie üblich ihr Equipment auf. Die Musiker freuen sich auf einen entspannten Auftritt, den sie heute auch dafür nutzen wollen, neue Stücke auszuprobieren und zu arrangieren. Rob teilt den Akteuren durch Blicke die Soli zu. Das Publikum bekommt davon natürlich nichts mit. Die Gäste besuchen heute ja kein Konzert, sondern die Band ist mehr oder weniger der lebende Plattenspieler für die Hintergrundmusik. Wie gerade, als für die Gäste Kaffee und Kuchen im Garten serviert wird.

Solche Gigs werden zwar gut bezahlt, aber die Musiker sind doch nur Fremdkörper am Rande einer sehr privaten Veranstaltung. Sie gehören nicht wirklich dazu, fühlen sich in den Spielpausen meist deplatziert. Sie haben sogar schon Partys erlebt, wo sie in der Küche versorgt wurden, während die Gäste an fein gedeckten Tischen aßen. Scherzhaft sprechen die Bandmitglieder bei rein privaten Engagements deshalb nicht von »Gage«, sondern von »Schmerzensgeld«.

Damit müssen sie professionell umgehen, aber es ist eben anders als bei echten Auftritten, wo sie als Band im Mittelpunkt stehen. Die Gastgeber schmücken sich gerne mit einer Band, bekommen Komplimente für die schöne Musik. Gerd mag diesen Stil sehr, was aber noch lange nicht heißt, dass seine Gäste die Musik auch zu schätzen wissen.

Kommt doch einmal ein Gespräch mit einem Gast zustande, bedienen die Musiker gerne das Klischee, dass die meisten Menschen von ihnen haben. Als da wären: die Ungebundenheit, das ständige Feiern, der Applaus, die Freiheit und die künstlerische Arbeit. Die Realität sieht allerdings ganz anders aus, aber dieser Teil geht niemanden etwas an. Als Band verkauft man schließlich gute Laune!

Mud scheint Gaby also zu gefallen, wie er fast allen Frauen gefällt. Er sitzt in einer Pause etwas abseits, im Schatten eines Sonnenschirms, allein an einem kleinen Tisch. Er braucht etwas Abstand. Seine Freundin hat ihn sitzen lassen, und schon seit ein paar Wochen ist er wieder solo, typisches Musikerschicksal. Mud ist gerade kein ganz so guter Gesprächspartner. Sein Selbstmitleid kann er bei den Bandkollegen nicht wirklich loswerden, er bekäme allenfalls dumme Sprüche zu hören.

Das ist auch okay für ihn, er weiß, dass ein Gig der falsche Ort und die falsche Zeit für Gespräche über Liebeskummer ist. Selbst wenn am Vormittag ein guter Freund gestorben ist, muss ein Musiker abends seinen Job gut machen. Unzuverlässige Typen werden auf Dauer in diesem harten Geschäft nicht überleben können.

Gaby setzt sich ihm, von alledem nichts ahnend, gegenüber, leicht angeschickert und bestens gelaunt. »Du spielst toll auf der Trommel, immer so schön rhythmisch. Dafür muss man seeeeehr stark sein«, flirtet sie ohne Hemmungen drauf los. Vielleicht ahnt sie, dass Mud in seinem liebeskranken Zustand ein willfähriges Opfer für ihre wahren Ziele sein könnte. Ihre Absichten ähneln jedenfalls eher denen von »Audrey Jr.«, der fleischfressenden Pflanze aus »The Little Shop of Horrors«.

»Danke Ihnen«, antwortet Mud etwas verlegen und hilflos auf diesen Generalangriff. Das ihm von ihr angebotene vertraute »Du« will er bewusst nicht annehmen. Er braucht Distanz und würde am liebsten flüchten, aber kann sich das, mit Rücksicht auf den Gastgeber, nicht leisten. Er antwortet etwas unbeholfen und stammelt: »Ja, äh, Trommeln ist das ja nicht gerade, Trommeln tut man eher beim Militär oder beim Karnevalsumzug. Also, ähhhh ... ich spiele ja Schlagzeug.«

»Ach, ich bin aber auch ein Dummerchen. Wie nennt man das denn alles, was da hängt und steht?«

Andy bekommt bei diesen eindeutigen Zweideutigkeiten ganz rote Bäckchen. »Also, das ganz große runde Teil vorne, da wo GRETSCH draufsteht, das nennt man die ›Bass-Drum‹, die kleineren ›Toms‹. Aber die wichtigste ist die ›Snare‹, die beim Spielen direkt zwischen meinen Beinen steht.«

»Die kniet also beim Spielen zwischen deinen Beinen? Donnerwetter, die Glückliche, was macht die da nur?«, gibt Gaby jetzt richtig Gas, mit tiefem Brunnenblick. Mud glüht bereits wie ein Backofen.

Zum Glück kommt Rob vorbei, und Mud sendet ihm ein verschlüsseltes SOS, wie folgt: »Hey Rob, na, alles klar?« Rob soll sich sofort dazusetzen und ihn befreien, so seine Erwartung. Aber Rob sieht nur Gaby, beurteilt die Lage messerscharf und entscheidet sich dazu, ihr aus dem Weg zu gehen. Er antwortet nur mit einem abgehackten »Jo, alles klar!« und zieht schnell von dannen. Muds Plan ist gescheitert. So ein Feigling, denkt Mud.

»Du musst sehr kräftig sein, um zu spielen«, fährt Gaby fort, »wie hältst du dich fit?«

»Klar, ich mache nebenbei etwas Kraftsport, Liegestütze und so …«

»Liegestütze!«, ruft Gaby schrill und euphorisch, dass jeder, der's hören will, es auch deutlich hören kann. »Der ganze Körper gestählt, hart, überall …«

»Du willst es aber ganz genau wissen, oder?«, spricht Mud im Klartext.

»Hallo, ich mag es, wenn ein Mann die Initiative ergreift und wenn er weiß, was er will! Ja, ganz genau – ich verstehe das, ich achte auch sehr auf meinen Körper. Wir haben dazu einen Fitnessraum im Keller. Den zeige ich dir nachher mal. Du wirst es mögen. Aber jetzt muss ich erst einmal weitermachen. Du verstehst: die Gäste!«

»Du könntest meine Mutter sein!«, versucht Mud sie zu verunsichern.

»Du wirst heute noch sehr froh sein, dass ich es nicht bin! Glaube mir! Bleib neugierig.« Touché! Gaby steht auf und geht mit wiegenden Hüften zu ihren Gästen. Sie wähnt sich schon am Ziel.

Muds Anspannung löst sich, er muss sich erst einmal ein paar Schweißperlen von der Stirn tupfen und sagt zu sich: Das kann doch alles nicht wahr sein! Sein Kleinhirn kommt indes nach ein paar Minuten doch zu dem Ergebnis, dass gerade er, in seiner tristen Situation ohne Freundin, die Feste doch feiern sollte, wie sie fallen, so als Therapie. Er muss heute auch nicht selbst Auto fahren, also rein ins Vergnügen! Noch zwei, drei Bier auf die Schnelle und dann ganz locker machen. Gaby geht ran wie Blücher, aber sie kann es sich auch leisten, glaubt er. Sie hat ihn weich gekocht wie eine Mrs. Robinson.

Andy, Mick, Rob und Mr. Foley nutzen derweil die Pause für eine kleine Zwischenmahlzeit. Gerd, das Geburtstagskind, setzt sich zu ihnen und fragt: »Macht ihr das eigentlich beruflich?«

Mick antwortet: »Nun, wir haben schon sehr viele Auftritte. Das geht problemlos, weil wir bis auf einen noch studieren und uns die Zeit frei einteilen können.«

»Ach so, dann kann ich ja auch ganz normal mit euch reden.«

»Was heißt denn das: ganz normal reden?«, will Rob nun aber doch von Gerd wissen.

»Na ja, ich meine, dass so ganz normale Musiker, also ohne Bildung …«

»Aha!«, unterbricht ihn Rob und erklärt in aller Ruhe: »Du meinst etwa, dass ein nicht studierter Musiker nicht für eine Unterhaltung taugt? Das ist doch ein ziemliches Vorurteil. Ich kenne jedenfalls keinen, mit dem ich nicht ganz normal reden könnte!«, wird Rob deutlich. Gerds Haltung ist Rob fremd.

»Ach, sorry«, rudert Gerd zurück, »ich glaube, wir reden gerade aneinander vorbei. So war das nicht gemeint … äh …«

Rob ist damit nicht einverstanden und entschließt sich ausnahmsweise doch dazu, Gerd seinen wahren Beruf zu offenbaren, um sich bei ihm auf Augenhöhe zu bringen:

»Nun gut, also, ich bin Psychiater. Und als Musiker ist mir das vollkommen wurscht, mit wem ich zusammenspiele. Musik soll nach meinem Verständnis die Menschen verbinden.«

Doch es hilft alles nichts, Gerd ist offenbar nicht aufnahmefähig, was er mit folgender Antwort unter Beweis stellt:

»Oh sorry, Kollege Seelenklempner, das konnte ich ja nicht ahnen. Musik kann man bestimmt auch ganz gut beruflich nutzen...« lallt Gerd und lenkt mit einer Frage an Mr. Foley sofort vom eigentlichen Thema ab:

»Was studiert denn zum Beispiel euer Schlagzeuger?«

»Der will mal Morde aufklären, studiert Jura ...«, gibt Mick Auskunft, »Ehegattenmorde aus Eifersucht sind seine Spezialität!« Gerd muss bei diesem Begriff innehalten, ihm ist das Interesse von Gaby an dem Schlagzeuger nicht verborgen geblieben. Er kommentiert den Satz von Mick lieber nicht.

Wie gerufen, kommandiert Gaby mit schneidender Offiziersstimme: »Geeeeeeerd! Kommst du bitte mal!« Ein Glück, denkt Rob.

Gerd schlägt innerlich die Hacken zusammen, steht auf und kommentiert gegenüber den Musikern Gabys Befehl leicht beschwipst und augenzwinkernd mit: »Denkt an mich, Jungs: so spät wie möglich heiraten, versteht ihr: SEHR SPÄT!!!« Gerd ruft mit übertrieben lieblichem Singsang »Komme schon, Schatzi ...!« und folgt seiner »Chefin« wie choreografiert.

Die Band beginnt mit dem zweiten Set. Die feurige Gaby hat Mud fest im Visier. Sie glaubt inzwischen wohl daran, ihn nicht nur als Schlagzeuger gebucht zu haben. Er soll ihr nicht vom Haken gehen. Sie steht nicht weit von ihm entfernt auf der Terrasse und genießt sein Spiel und noch mehr den Blick auf seinen athletischen Körper. Er ist so gesehen ein ideales »Opfer«, denn er ist der einzige Musiker, bei dem während des Spielens alle Extremitäten permanent im Einsatz sind und der damit »Attacken von hinten« hilflos ausgeliefert ist.

Gaby pirscht sich geräuschlos wie eine Amazone zunächst seitlich und schließlich von hinten an ihn heran. Er ist auf sein Spiel konzentriert und nimmt nur einen Schatten von ihr wahr. Nun steht sie hinter ihm. Mit ihrer flachen Hand streicht sie ihm einmal durch die Haare. Mud sieht nicht unglücklich aus. Sie haucht ihm in fürsorglichem Ton ins Ohr: »Dein Kragen liegt schief, ich mache ihn mal glatt, wie läufst du denn auch rum?!« Mud nickt zustimmend, er kann sich ohnehin nicht wehren.

Schlanke, lange Finger mit spitzen, knallroten Fingernägeln nesteln sich sehr langsam in den Kragen, weiter unter sein Hemd und dann erotisch seinen Nacken und seine Wirbelsäule hinunter. Er bekommt eine Gänsehaut und aus seinem Mund ertönt ein nur mühsam unterdrückter Urlaut, der sich in etwa so anhört wie »Uahhha, a, a.«

Die Finger werden dann in kreisenden Bewegungen an der Wirbelsäule entlang aus dem Kragen herausgeführt. Der ist zwar immer noch faltig, aber es reicht Gaby, dass sie Mud selbst für alles weitere geglättet hat. Mit einem leichten Fingerstrich über den Haaransatz seines Nackens fällt bei ihm die letzte Bastion und jeglicher Widerstand. Mud schaut richtig selig aus. Er lächelt zufrieden über das ganze Gesicht.

Die Kollegen bemerken, wie er das Ende des Sets herbeisehnt. Muds Solopart, ausgerechnet beim Titel »Let me be your man«, lässt er einfach links liegen, um schneller zu seinem Duo-Special kommen zu können. So spitz hat ihn von den Kollegen noch keiner gesehen. Das Tier im Manne ist losgelassen, der Verstand hat kapituliert.

Das Set ist vorüber, und Gaby erwartet am Treppenabgang ihre Eroberung. Als sich ihr Blick mit dem von Mud vereint, geht sie schon mal vor und weist ihm wie ein Glühwürmchen den Weg. Gaby nimmt den Treppenabgang und verschwindet hinter der Kellertür. Wie an einer unsichtbaren Leine folgt Mud ihr möglichst unauffällig.

Strategisch ist das perfekt, denn der Treppenabgang ist nicht einsehbar, weil die Band und die Technik davor aufgebaut sind. Die Musiker werfen sich nur fragende Blicke zu und hoffen, dass Mud zum nächsten Set wieder zurück ist und dann überhaupt noch spielen kann. Und sie wünschen, dass Ehemann Gerd von alledem nichts bemerkt, und die Gage trotz allem fließt.

»Man soll der Natur ihren Lauf lassen«, stellt Saxofonist Mick fachmännisch fest. »Du musst es als professioneller Standbläser ja wissen«, kontert Mr. Foley hämisch.

Nach dem Schäferstündchen taucht die flotte Gaby wieder auf, die Haare nur noch oberflächlich gestylt und durch die Reibungswärme aus der Begegnung mit Mud etwas rötlich im Gesicht.

Die Musiker haben sich ohnehin aus dem Staub gemacht und sich auf einen anderen Teil der Terrasse verdrückt. Sie genießen die frische, abendliche Luft. Mud stößt wieder zu ihnen, frisch geduscht und geföhnt sieht er wirklich aus wie Sting, und er spricht vorbeugend:

»Hey, Leute: Bevor ihr euch das Maul zerreißt, sage ich nur: Erfahrung zahlt sich aus. Vor dem Alter muss man keine Angst haben …«

Die Kumpels denken sich ihren Teil und schweigen amüsiert, ist vielleicht auch besser so. Es würde jetzt ein Funken, nur ein kleines Prusten, reichen, und alle, bis auf Mud, würden wie Pubertierende in großes Gelächter ausbrechen. Aber Mud ist der Jüngste, und seinen Kollegen gelingt es, sich zusammenzureißen, auch wenn es schwerfällt. Er wäre zurecht sauer, wenn man sich über ihn lustig machte. Und Neid wäre wohl kaum dabei. Aber Andy hätte die Antwort vom Youngster Mud auf die Frage, wessen »Erfahrung« er eigentlich meinte – ihre oder etwa seine – schon interessiert.

Die Party nimmt ihren Lauf. Nach einer halben Stunde fällt Rob auf, dass sich Gaby erneut wie eine Katze die Kellertreppe hinunterschleicht. Und es dauert nicht lange, da folgt ihr tatsächlich Mud wie in Trance, als ihr Sklave. Offenbar ist die zweite Runde eingeläutet.

Die anderen Musiker vertreiben sich anderweitig die Zeit und gehen dann wieder zu ihren Instrumenten. Gerd kommt vorbei und meint: »Ja super, wenn ihr jetzt weitermacht. Die Stimmung ist auf dem Siedepunkt! Ich gehe nur kurz in den Keller. Ich habe einen formidablen Single Malt aus Schottland, den gebe ich euch mit! Einen Moment!«

Andy reagiert sofort und versucht, ihn aufzuhalten: »Das ist supernett, aber lass uns das doch alles zusammen mit der Abrechnung erledigen, wir spielen doch erst noch das letzte Set.« Er will damit Zeit gewinnen und so verhindern, dass Gerd jetzt in den Keller geht und Mud mit seiner Frau erwischt.

»Ach so, na klar, dann hole ich erst mal die Kohle ...«, äußert Gerd und wankt zum Glück zurück ins Haus.

»Puh, das war knapp ... Von uns muss jetzt ganz schnell jemand da runter und Alarm machen, sonst gibt das hier gleich ein Blutbad ...«, befiehlt Mr. Foley ungewohnt aufgeregt, allerdings mehr von Angst vor dem möglichen Verlust des »Schmerzensgeldes« als von echter Sorge getrieben. In diesem Augenblick geht die Kellertür auf, und Mud kommt sichtlich entspannt die Treppe rauf und kommandiert, durch seinen Erfolg bei einer älteren Dame offenbar etwas größenwahnsinnig geworden:

»Leute, nicht so rumstehen, wir müssen das letzte Set jetzt spielen ... und dann nix wie weg ... bin echt müde.«

»Okay, Mr. Quickie. Wir haben Gerd gerade noch mal davon abhalten können, aus dem Keller eine Flasche Whisky für uns zu holen!«, klärt ihn Rob auf.

»Wieso habt ihr das gemacht?! Ich liebe Whisky!«, protestiert Mud.

»Ja, sollte der euch denn in flagranti erwischen?«, stellt Rob klar.

»Spioniert ihr mir etwa nach, oder was?«

»Da muss niemand spionieren, Mud, das ist schon offensichtlich für jeden, der sehen kann. Nur Gerd blickt das noch nicht, NOCH nicht!«

»Na denn«, sagt Andy, schon etwas erleichtert, ... »Let´s Boogie!«

»All Night Long!«, ergänzt Rob süffisant, und alle, inklusive Mud, lachen sich halb tot.

Das letzte Set geht ab.

Inzwischen ist auch Gaby zurück, frisch geföhnt, mit neuem Rouge und in ein neues, schickes Abendgewand gehüllt. Die letzten von ihr getragenen Kleidungs- bzw. Beweisstücke, dürften direkt in einem abschließbaren Wäschekorb gelandet sein, um Ermittlungen des Ehegatten zu erschweren. Gerd kommt mit dem »Schmerzensgeld« und der Flasche Whisky und bedankt sich bei den Musikanten für den professionellen Auftritt, so wie er ihn noch von der großen Festival-Bühne in Erinnerung hatte. Das kräftig aufgerundete »Schmerzensgeld« vom Chefarzt für die Musiker im Wert von drei Prostataeingriffen ist steuerfrei. Die Musiker begeben sich in Begleitung von Gaby und Gerd an die Zufahrt, wo ihre Fahrzeuge stehen. Gaby verabschiedet sich hastig von allen und verschwindet im Haus.

Gerd dankt den Musikern für ihren Auftritt. Dann nimmt der erfahrene Gerd den jungen Mud kurz zur Seite. Mud ist das etwas unangenehm. Gerd erklärt nur ganz lässig: »Hat ja jeder mitbekommen, was du mit meiner Frau gemacht hast! Bist ein schlimmer Finger, aber das hättest du geschickter anstellen müssen«, wirft Gerd Mud in sehr ernstem Ton vor. Mud ist ganz perplex, er rechnet jetzt mit dem Schlimmsten.

»Tut mir leid, Gerd, ist einfach so passiert. Vielleicht …«

Gerd fällt ihm sofort ins Wort: »Hat sie dir eigentlich vorher gesagt, dass sie eine ansteckende, potenziell tödlich verlaufende Geschlechtskrankheit hat?« Mud ist geschockt und weiß gar nicht, was er sagen soll.

»Ja, und zwar unheilbar, das sage ich dir mal als Arzt.«

Jetzt bekommt es Mud richtig mit der Angst zu tun: »Au Mann, nichts zu machen, oder wie?«

»Nichts zu machen, Mr. Notgeil … Das ist jetzt die Quittung.«

Mud ist sprachlos und tief geschockt, er ist sicher, sein Lebensende ist gerade besiegelt worden. Dann plötzlich lösen sich Gerds Gesichtszüge und er grinst breit. Gerd fährt fort: »Warum hast du mich nicht einfach vorher gefragt, ob ihr 'ne Runde bumsen könnt? Das hätte ich fair gefunden!«

»Aber Gerd, ehrlich … ich, ähhh, was?« Mud geht etwas auf Distanz, um mögliche Schläge besser parieren zu können. Aber das hat Gerd gar nicht vor: »Eine Art Quidproquo-Spiel zwischen uns beiden, Mud!«

»Kwitt zu … was? Hä …?«, fragt Mud hilflos.

»Das bedeutet: Wie du mir, so ich dir. Also meine Frau und ich, wir sind gerade frisch geschieden, sind aber noch Freunde, das wissen hier aber noch nicht alle. Sie macht, was sie will, und ich auch. Und geschlechtskrank ist sie nicht … Jedenfalls nicht, dass ich wüsste. Rache ist süß!«

Gerd kriegt sich vor Lachen und Schadenfreude gar nicht mehr ein und verlässt schwankend wie ein Seemann die Szene. Mud ist sprachlos, wankt geschlagen und mit den Nerven vollkommen fertig Richtung Fahrzeug. Nix wie weg von diesen Irren hier, denkt er sich. Er schwört sich: Nie wieder eine Mrs. Robinson!

Mud fragt sich, ob die Gage heute seinen einzigartigen körperlichen Einsatz und die Tatsache, Opfer eines grenzwertigen Streiches geworden zu sein, eigentlich noch abdeckt, oder ob seine Rolle gnadenlos unterbezahlt ist. Der Begriff »Chefarztfrau« wird so oder so in den Wortschatz der Band Eingang finden.

Dieser Tag wird ihnen unauslöschlich im Gedächtnis bleiben und in immer wüsteren Varianten bei passenden Gelegenheiten zitiert werden.

Trennungssch(m)erz

Andy wohnt mit seiner Freundin Sofie zusammen, einem wirklich netten, bodenständigen Mädchen. Sie ist in einem Schreibwarenladen in Oberhausen beschäftigt. Sofie liebt Andys Musik und ist ganz fasziniert von den Gigs. Das Zusammenleben klappt nach Andys Wahrnehmung bislang problemlos, bis auf die üblichen kleinen Ermahnungen ihrerseits, zum Beispiel wegen seiner Socken, die er manchmal auf den Boden pfeffert, wenn er nachts von Auftritten müde und erschöpft nach Hause kommt. Also alles ganz normal, glaubt er. Von Heirat ist bisher noch keine Rede. Andy fühlt sich für eine eigene Familie auch noch lange nicht bereit. Er will erst einmal richtig leben, abgesehen davon fehlen die finanziellen Mittel.

Sofie hat einfach die schönere Wohnung. Also hat sie Andy angeboten, zu ihr nach Wesel zu ziehen. Andys alte Butze war eher »zweckmäßig« – an dieser Stelle sollten wir lieber nicht ins Detail gehen, um jedes Adjektiv mit »sau...« gleich zu vermeiden. Allerdings sind die Nachbarn in Sofies Haus schwierig und vor allem geräuschempfindlich. Wenn Andy dort ein Klavier aufstellen und jeden Tag üben würde, käme das einer Kriegserklärung gleich. Wer sich bereits über nächtliches Duschen oder Geschirrabwaschen beschwert, wird das erst recht nicht ertragen können. Vor allem bei seiner Form von Musik, die mit Klassik so viel zu tun hat wie ein Gemälde von Leonardo da Vinci mit einem Bild von Salvador Dali.

Sofie findet es »ganz toll«, einen Musiker als Freund zu haben. Sie hat vor ihren Freundinnen sogar mächtig angegeben, dass sie mit einem »Künstler« zusammen wäre, was Andy gar nicht recht ist, sondern ihn eher beschämt. Sein Beruf ist zwar nicht alltäglich, aber keinesfalls so besonders, findet er.

Dass er als Musiker ein Nachtmensch ist und häufig kaum vor drei Uhr morgens nach Hause kommt, hat sie nicht abgeschreckt. Andy hat ihr, bevor sie zusammengezogen sind, erklärt, dass die »Jobs«, also seine Auftritte, auch körperlich anstrengend sind. Sobald er nach Hause kommt – meistens mitten in der Nacht – muss er erst einmal kräftig duschen, was Sofie manchmal stört. Er schläft dann bis zum Mittag, kann aber dafür tagsüber Besorgungen machen, die Sofie nicht erledigen kann. In der Wohnung nebenan wohnt ein Arbeiter im Schichtbetrieb, der führt ein ähnlich asynchrones Leben, und beide verstehen sich vielleicht auch deshalb so hervorragend.

An diesem Samstagabend hat Andys Band für ihren Auftritt bei einem Open-Air-Festival auf der Bühne ihr Equipment aufgebaut. Die Band hat den schweren Job, mit ihrem Gig das Festival zu eröffnen. Schwer deshalb, weil jedes Publikum anders ist und erobert werden will. Wichtig ist daher, zu wissen, welchen Personenkreis ein Festival anspricht und was die Leute von einer Band musikalisch erwarten. Das hat Sänger und Gitarrist Rob instinktiv im Griff. Er kann aus der Reaktion der Zuhörer auf die ersten

Titel schnell ablesen, was den Leuten gefällt, und flexibel das Programm in diese Richtung anpassen. Bereits die ersten vier bis fünf gespielten Titel entscheiden darüber, ob es zwischen Band und Publikum funkt. Wenn es funkt, dann auch für den Rest des Gigs.

Die Musiker stehen auf der Bühne, bereit für den ersten Song des Abends. Die Band spielt den fetzigen Opener, als sich wortwörtlich »aus heiterem Himmel« ein heftiges Unwetter entwickelt. Die aufziehenden dunklen Wolken können die Bandmitglieder von der Bühne aus allerdings nicht sehen. Sie stehen überdacht und können durch das grelle Scheinwerferlicht zudem keine Einzelheiten erkennen. Sie können gerade einmal die ersten fünfzehn Publikumsreihen überblicken. Die Band ist zu sehr mit ihrer Musik beschäftigt und darauf eingestellt, auch bei unvorhergesehen Ereignissen zunächst einmal weiterzuspielen, als dass sie sich um das Wetter kümmern könnten.

Plötzlich sehen die Musiker, wie in einiger Entfernung von ihnen ein greller Blitz einschlägt, zum großen Glück weit weg vom Publikum. Vorsorglich kürzen die Musiker ihren aktuellen Song ab und beenden ihn, als der Veranstalter selbst auf die Bühne kommt und zu Rob sagt:

»Tut mir leid, Rob, aber die Polizei hat uns angewiesen, abzubrechen. Ich mache gerade die Ansage, damit das Publikum nicht denkt, ihr hättet das abgebrochen!«

Der Manager spricht durch das Bühnenmikro in ganz unaufgeregter Weise:

»Liebe Leute. Wie ihr gerade selbst bemerkt habt, wird's ungemütlich. Bitte geht geordnet und in aller Ruhe zu euren Fahrzeugen oder in die großen Zelte. Dort seid ihr sicher. Die Ordner regeln das alles und zeigen euch den Weg.

Das Gewitter ist noch nicht über uns, also haben wir noch genug Zeit. Bitte, liebe Gäste, bewahrt Ruhe. Das Konzert wird wiederholt, die Eintrittskarten bleiben gültig. Danke für euer Verständnis.«

Die Menschen sind zwar enttäuscht, aber haben schon aus eigenem Interesse Verständnis für diese Entscheidung.

Nur ein paar Minuten, nachdem das Publikum den Platz verlassen hat, setzt tatsächlich ein Starkregen ein, mit schweren Böen und Blitzeinschlägen im Festivalgelände. Musikerschicksal! Andy und seine Kollegen sind enttäuscht, denn es gibt nun mal für diesen Fall keine Gage, sondern erst im Anschluss an das nachgeholte Konzert. Ob und wann es durchgeführt werden wird, steht in den Sternen des Musikhimmels. Das sind die Bedingungen, die man akzeptieren muss. Außer Spesen also nix gewesen. Dabei hätte Andy als Alleinunternehmer mit nur einem »Produkt« – nämlich sich selbst – die Gage dringend nötig. Aber eine Versicherung für solche Fälle lohnt sich für ihn nicht.

Andy kommt somit unerwartet früh nach Hause. Er ist diesmal, statt wie vorgesehen gegen drei Uhr morgens, schon am späteren Abend zurück in der Wohnung. Andy freut sich darauf, früher bei Sofie sein zu können, die jetzt bestimmt noch lesen oder fernsehen wird.

Er läuft die Treppen hoch ins erste Geschoss des fünfstöckigen Mehrfamilienhauses. Um sie zu überraschen, schließt er die Tür zu der Dreizimmerwohnung lautlos auf und geht vorsichtig und Geräusche vermeidend in Richtung Wohnzimmer. Dort ist aber alles dunkel, niemand da.

Also schleicht er auf leisen Sohlen weiter zum Schlafzimmer. Er öffnet vorsichtig die Tür einen Spalt weit, auch dort ist Sofie nicht. Merkwürdig, denkt Andy. Im Arbeitszimmer ist ebenfalls alles dunkel. Das Geschäft, in dem sie beschäftigt ist, ist schon seit Stunden geschlossen. Erreichen kann er sie also nicht.

Andy macht es sich auf dem Sofa im Wohnzimmer bequem. Jetzt erst sinkt allmählich sein Adrenalinspiegel, der den Körper bei allen Musikern im Einsatz ständig regelrecht aufputscht. Endlich wieder zu Hause, braucht Andy mindestens eine Stunde, um einigermaßen runterzukommen und sich dann zu entspannen.

Gegen ein Uhr nimmt Andy unterbewusst im Dahindösen auf der Couch wahr, wie im Erdgeschoss die Haustür aufgeschlossen wird und kurze Zeit später laut ins Schloss fällt. Es ist Sofie.

Sofie öffnet die Wohnungstür, zieht ihre Jacke aus und ist ganz überrascht, Andy schon auf dem Sofa liegend vorzufinden. Sie begrüßen sich wie immer, wobei Andy instinktiv fühlt, dass irgendetwas anders ist als normalerweise. Er versucht jedoch gleich, diese Eingebung zu verdrängen.

»Wieso bist du denn schon zu Hause?«, fragt Sofie fast schon vorwurfsvoll. Es klingt jedenfalls nicht so freudig wie sonst.

Andy entgegnet: »Bei mir ist die Antwort einfach: Der Job ist wegen schlechten Wetters leider ausgefallen, und ich bin eben erst zur Tür rein. Aber wieso ist es denn bei dir so spät geworden?«

»Da haben wir uns nur knapp verpasst, denn ich bin schon lange zu Hause, wie immer, aber gerade noch mal eben kurz raus, weil ich etwas im Auto vergessen hatte.«

»Ich habe mich vor lauter Dösen wohl nicht genau ausgedrückt. Ich bin nicht *gerade eben* nach Hause gekommen, sondern schon seit zweiundzwanzig Uhr hier. Sorry, aber du kannst nicht »*mal eben kurz*« draußen gewesen sein. Komisch, oder? Aber vielleicht habe ich dich ja falsch verstanden?«, fragt Andy nach und versucht, nicht allzu inquisitorisch oder vorwurfsvoll zu klingen. Vielmehr hat er ihr eine goldene Brücke gebaut, über die sie einfach nur zu gehen braucht, um ihr Gesicht zu wahren. Es würde ihm ausreichen, wenn sie sagte, sich einfach nur geirrt zu haben, oder wenn sie eine andere Erklärung anführt. Aber sie nimmt diese Brücke nicht. Stattdessen schweigt sie mit gesenktem rotem Kopf, wie ein kleines Kind, welches beim Lügen ertappt worden ist und eifrig überlegt, wie es aus der Situation schadlos rauskommen kann.

Andy schwant nichts Gutes. Sofies Schweigen wird immer länger, schon beinahe unerträglich lang. Ihr Blick ist jetzt noch tiefer nach unten gesenkt. Sofie spielt nervös mit ihren Fingern. Dabei fällt Andy sofort auf, dass sie ihren gemeinsamen Freundschaftsring nicht wie sonst am Finger trägt. Er will der Sache jetzt auf den Grund gehen und fragt in die laute Stille hinein: »Hast du eigentlich unseren Ring verloren? Ist dir das noch gar nicht aufgefallen?«

Diese harmlos formulierte Frage bringt endlich wieder Bewegung ins Gespräch. Jetzt bricht es geradezu aus Sofie heraus, und sie gesteht Andy: »Ich habe einen anderen Mann kennengelernt. Ich liebe ihn, aber dich liebe ich auch. Ich möchte euch beide lieben, sonst bin ich unglücklich.«

Sofie ist irritiert, als sie Andy endlich wieder in die Augen blickt, denn trotz dieser Nachricht bleibt er ungerührt. Er wirkt eher überrascht als geschockt: »Das sind ja interessante Nachrichten. Darf man fragen, ob das schon länger geht?«, ätzt er ironisch und bleibt sachlich wie ein Buchhalter.

»Bist du denn gar nicht böse, Andy? Ich betrüge dich doch!« Sofie scheint enttäuscht darüber zu sein, dass er nicht wütend aus dem Anzug springt, so wie sie es aus Hollywood-Filmen kennt, vermutet Andy. Aber er denkt tatsächlich ganz anders, nämlich, dass beide erstens nicht verheiratet sind, und zweitens er mit gerade einmal dreiundzwanzig keine Torschlusspanik haben muss.

»Du meinst, warum ich jetzt nicht den gehörnten, eifersüchtigen Mann spiele? Soll ich das denn? Würdest du diese Rolle jetzt ernsthaft von mir erwarten?«, sagt Andy fast amüsiert und muss dabei leicht grinsen.

»Ja, aber ist dir das denn egal?«, wundert sich Sofie. Sie scheint enttäuscht darüber zu sein, dass sich dieses Hollywood-Film-Gefühl einfach nicht einstellen will: mit Anschreien, Tellerschmeißen und Türenknallen.

»Nein, das ist mir natürlich nicht egal. Wenn ich betrogen werde, finde ich das auch nicht lustig. Auf der anderen Seite denke ich, dass ich die Fakten so nehmen muss, wie sie sind. Oder erwartest du jetzt von mir, dass ich deinen Neuen zum Duell im Morgengrauen herausfordere?«, meint Andy ironisch.

»Ja, liebst du mich denn gar nicht?«, will Sofie wissen. Diese Bemerkung versteht Andy nun überhaupt nicht und kontert:

»Das ist witzig. Du fragst mich, ob ich dich liebe, wenn du mich betrügst. Ich habe jedenfalls keine andere, noch nicht! Wieso hast du mir das Ganze nicht rechtzeitig, freiwillig erzählt? Du bist doch keine fünfzehn mehr?«

»Ich habe mich das nicht getraut.«

»Du hast dich nicht getraut, Sofie, okay«, stellt Andy nüchtern fest und fährt fort: »Warum, will ich gar nicht fragen. Hattest wohl Angst vor meiner Wut, oder wie? Du müsstest mich eigentlich anders einschätzen können. Wir leben nicht mehr im Mittelalter. Und Mädchen habe ich noch nie etwas getan, und das habe ich auch nicht vor!«

»Vor allem aber liebe ich dich trotzdem, aber eben auch ihn.«

»Was soll ich denn damit anfangen, Sofie? Was erwartest du jetzt von mir? Soll das eine »Ménage-à-trois« werden, oder willst du lieber eine Nacht bei ihm sein und dann eine Nacht bei mir, oder gar beides gleichzeitig?«, provoziert Andy seine Freundin.

»Ich will euch halt beide lieben!«

»Du willst das, Sofie! Du! Frag mich doch mal, ob ich das auch will, oder? Diese Frage musst du gar nicht stellen. Ich beantworte sie dir: Es kommt für mich nicht infrage! Punktum, basta, klare Ansage! Ich muss, glaube ich, nicht begründen, warum das so ist«, antwortet Andy, jetzt durchaus genervt und angefasst.

Sofie weiß nicht so recht, wie sie darauf reagieren soll: »Aber heute ist doch alles möglich, man muss es nur wollen. Das sagt er auch!«

»So, sagt er das. Und du, meinst du das auch?«

»Ach Andy, ich weiß jetzt gerade gar nichts mehr. Das klang alles so einfach für mich.«

Das ist ja toll, denkt Andy. Jetzt weiß sie nicht, was sie will, und er soll diesen Kladderadatsch jetzt lösen. Kommt nicht infrage, da ist er sich sicher:

»Es ist aber nicht einfach! Da irrt dein Lover. Denn ich glaube, dass du ihn nur als Mittel zum Zweck benutzt, um mir das Ende unserer Beziehung klarzumachen. Du glaubst doch wohl selbst nicht an diese Dreier-Kiste. Da ist keine Liebe mehr zu mir, fertig. Sorry, aber ich bin in solchen Dingen schnell entschieden. Ich sehe diese zukünftigen Verwicklungen schon klar vor meinen Augen, die will ich nicht aushalten müssen. Und schon gar nicht lasse ich mir etwas aufzwingen. Dazu muss man kein Prophet sein, um zu wissen, wo das endet: in einer Katastrophe!«

»Aber Andy«, ruft Sofie laut, »ich will doch …«

»Leiser, Sofie! Du weckst hier gerade das ganze Haus. Und hellhörig ist es auch. Muss doch nicht jeder mitbekommen!«

»… ich will doch«, flüstert Sofie, »… will dich nicht verlieren.«

»Weißt du, Sofie. Noch mal zum Mitschreiben: Ich will das nicht und kann mir die künftigen Streitereien bildlich gut vorstellen. Das brauche ich einfach nicht. Ich habe da ein ruhiges Gewissen, diese Sache geht von deinem Neuen und von dir aus. Dann müsst ihr das auch aushalten, bis zum bitteren Ende. Aber bitte ohne mich, der irgendwo dazwischen hängen soll. Never ever!«

»Wenn das so ist, dann will ich lieber mit dir alleine zusammen sein, wie bisher. Bitte Andy, es tut mir leid, aber dieser Typ und dieser Abend … Ich bin vollkommen durcheinander …«, jammert Sofie.

»Ich bleibe dabei. Das Leben ist kein Wunschkonzert. Ich bin mit gerade mal Anfang zwanzig noch in Ausbildung und will mich jetzt nicht fürs Leben binden. Aber wenn ich mich dafür entscheide, dann will ich mit einer Frau zusammenleben, die nur mich liebt. Gegenseitige Treue, das ist nun einmal die Voraussetzung für ein glückliches

Zusammenleben. Zusammenhalten wenn es mal schwierig wird. Das ist wichtig. Wenn das einmal losgeht, mit Fremdgehen und dergleichen, und sei es nur im Geiste, dann belastet das die Liebe. Ich würde doch jetzt glauben müssen, wenn du das einmal gemacht hast, dass du es auch wieder tun würdest …«

»… aber das verspreche ich, Andy, ich will es nicht wieder tun, ehrlich …!«, unterbricht ihn Sofie. Aber es gelingt ihr nicht, Andy zu erweichen:

»Ich habe dir das von Anfang an ganz ehrlich gesagt: Als Musiker verlange ich leider viel von meiner Partnerin. Ich bin viel unterwegs, schlafe dann, wenn andere wach sind, habe kein stetiges Einkommen und keine klare Karriereplanung. Das kann ich nicht ändern. Du wirst mich nie in Büros sitzen sehen oder so. Und vor allem brauchen Musiker jemanden, der sie versteht, sie unterstützt. Denn nur in dieser Sicherheit und Ruhe können meine Kollegen und ich kreativ tätig sein. Und das alles gibst du mir nicht, wenn du ehrlich bist. Ich werde diese Frau finden, die zu mir passt, das weiß ich. Aber du bist es nicht, das habe ich heute gelernt. Ich danke dir für die gute Zeit. Es ist schade, dass es mit uns nicht weitergeht.«

»Dann habe ich gerade einen schweren Fehler begangen«, hadert Sofie mit sich. Sie hat ihren Lover benutzt, um sich von Andy zu trennen. Das war nicht fair, das sieht sie jetzt ein, aber sie will es nicht einräumen.

»Vielleicht auch nicht, Sofie. Ich stecke zurück und du kannst deinen Neuen jetzt testen. Ich wünsche dir, dass es was wird, mit euch beiden. Aber für eure Dreier-Nummer müsst ihr euch wen anders suchen.« Andy muss bei diesem Satz grinsen, weil die ganze Situation ihm so absurd vorkommt. Und er ist selbst ganz überrascht über seine direkte Art. Er ist sich aber sicher, dass seine klaren Worte richtig sind.

Sofie ist gekränkt und enttäuscht, weil er ihr Flehen nicht erhören will. Das spürt auch Andy. Vermutlich denkt sie, so glaubt er jedenfalls, dass er sie sowieso nicht lieben würde, weil er sonst bei ihr bliebe. Und um sie kämpfen, so wie Sofie das aus alten Filmschinken kennt, will Andy schon gar nicht. Sofie fängt an zu weinen und schimpft mehr aus verletzter Eitelkeit als aus enttäuschter Liebe: »Du bist gemein, das so zu sagen!«

»Die Wahrheit kann wehtun. Du weißt, dass ich recht habe, glaube ich. Vielleicht noch nicht heute, aber morgen, wenn ich weg bin!«

»Um Gottes willen, wo willst du denn so schnell hin?«

»Ah, lass bloß den lieben Gott da raus, der hat wirklich wichtigere Baustellen als diese. Ich muss dann wohl erst mal in die Obdachlosenunterkunft ...«, stellt Andy nüchtern fest.

»Auf gar keinen Fall, Andy! Das geht doch nicht! Da habe ich ein schlechtes Gewissen.«

»Brauchst du nicht! Nein, ich kann bestimmt für ein paar Tage zu Rob oder ich schlafe im Übungsraum. Aber ich bin jedenfalls definitiv morgen weg.«

Sofie verlässt wortlos und geschafft das Wohnzimmer und zieht sich in ihr Bett zurück. Es wird keine gute Nacht.

Andy bleibt auf dem Sofa liegen. Er denkt, dass seine und Sofies Welt einfach nicht zusammenpassen. Sie sieht das Leben sehr viel realistischer als er und versucht, sich in ihr ganz im bürgerlichen Sinne einzurichten, wie es ihre Eltern ihr vorgelebt haben. Er ist ganz anders. Die Wirklichkeit findet für ihn als Musiker ausschließlich bei Auftritten statt. Der Realität außerhalb des Musikzirkus ist er eher ausgeliefert, denn sein Kopf steckt im Himmel. Der Gegensatz zwischen diesen beiden Welten ist so krass wie der zwischen Traum und Wirklichkeit. Wer kann da schon immer unterscheiden, in welcher Welt er sich gerade befindet! Andy kann es häufig nicht.

Sofie gibt dem tief schlafenden Andy ein kleines Küsschen zum Abschied und verlässt am frühen Morgen ohne ein Wort das Haus. Andy hat ruhig geschlafen, hält seine Entscheidung auch jetzt noch für goldrichtig. Er fühlt sich befreit. Eine große Liebe stellt er sich anders vor. Als er seine Siebensachen packt und die Zweitschlüssel für die Wohnung auf der kleinen Kommode im Flur zurücklässt, klingelt das Telefon. Er hebt ab, weil er denkt, dass sich Sofie vielleicht doch noch einmal bei ihm meldet und sich verabschieden will. Aber es kommt ganz anders. Es ist ein Anruf von ihrem Lover, der am anderen Ende der Leitung sofort beginnt, ihn anzupöbeln:

»Na, du Blödmann! Du weißt bestimmt, wer hier ist. Wir kennen uns nicht. Sofie hat mir gerade den Laufpass gegeben und daran bist du schuld! Dafür haue ich dir eins auf die Klappe, da kannste aber sowas von für! Jetzt erzähl ich dir aber noch ein paar scharfe Sexgeschichten von uns und ...«

Andy interveniert laut und deutlich: »Ich unterbreche nur sehr ungern dieses nette Telefonat, du Spinner. Eure Sache klärt ihr dann mal schön unter euch. Mich interessiert das nicht. Und Sexgeschichten kenne ich genug, deine würden mich nur langweilen. Denn Sofie hat mir schon erzählt, dass du im Bett keine große Nummer bist ...!«

Andy legt voller Genugtuung den Hörer auf. Es bewahrheitet sich also. Andy ist jetzt davon überzeugt, dass Sofie ihren Lover nur benutzt hat, um sich von ihm trennen zu können. Jetzt hat auch der Lover seine Schuldigkeit getan und kann gehen. Alles viel zu kompliziert für Andy, warum dieser Riesenaufwand? Er kann es nicht verstehen.

Gut gelaunt und erleichtert fährt Andy zu Rob, der ihn gerne für ein paar Tage beherbergt, damit er sich in Ruhe eine neue Bleibe suchen kann, die er über Beziehungen schnell findet. Es wird eine Art ausgebaute Garage mit Fenster, wo er sogar Klavier spielen kann, ohne Beschwerden befürchten zu müssen. Für seine prekären Verhältnisse, in denen er vegetiert, ein kleiner Fortschritt.

Andy beschwert sich nicht, im Gegenteil, er ist glücklich und träumt von Schallplattenverträgen, Fernsehauftritten und ein bisschen Wohlstand. Den wird er sich in diesem Business hart erarbeiten müssen. Das Publikum sieht das nicht und soll diese Seite auch nicht mitbekommen. Andy ist Idealist, wie einer seiner besten Freunde, der Schauspieler am Theater ist und dort für wenig Gage seinen Traum lebt. Mehr braucht er nicht, solange er die Menschen mit seiner Kunst glücklich machen darf.

Sofie und Andy werden sich in ein paar Wochen wiedersehen, aber die alte Liebe ist eben doch gerostet. Sie machen reinen Tisch und verzeihen sich gegenseitig. Nichts bleibt, wie es ist, und alles wird neu.

Tonausfall

An diesem Freitagabend findet der Gig der »Boogie Stompers« in einem historischen Weinkeller statt, der zu einem Lokal umgebaut worden sein soll. Andy ist einigermaßen pünktlich um siebzehn Uhr am Lokal. Um achtzehn Uhr soll der Laden für das Publikum öffnen, und gegen neunzehn Uhr dreißig soll der Auftritt losgehen.

Ein massives, riesiges, zweiflügeliges Holztor in Bogenform sichert den Eingang zum Weinkeller wie bei einer mittelalterlichen Festung. Andy muss schon sehr viel Kraft aufwenden, um an der Torklinke die rechte Hälfte des schweren Portals aufzuziehen. Ein extrastarker, hydraulischer Türschließer wehrt sich energisch gegen jeden, der es wagt, diesen Torflügel öffnen zu wollen. Und wenn man es geschafft hat, dann drückt er das Tor mit Gewalt auch gleich wieder zu, sobald man es loslässt.

Hinter dem Tor befindet sich direkt die nächste Falle. Unmittelbar nach der extrem schmalen, unebenen Torschwelle lauert nämlich schon die erste Stufe eines außergewöhnlich steilen, heimtückischen Treppenabgangs. Man muss blitzschnell reagieren, damit einen die sich gewaltsam halb automatisch schließende Torhälfte nicht von hinten mit aller Wucht von der Schwelle schiebt. Im schlimmsten Falle fällt man die Treppe hinunter.

Ein Warnschild wäre schon angebracht, denkt Andy. Er hätte jetzt gerne so ein kleines Funkgerät, am besten so eines wie aus der Serie »Raumschiff Enterprise«, mit dem er die anderen Bandmitglieder vorwarnen könnte: »Hier Mr. Andy von der Bodenstation, hier Mr. Andy an Kommandant Rob: Bei Landung auf ›Alpha-Basis-Weinkeller‹ auf tückische Gravitations-Bodenwellen achten! Ich wiederhole …«

Von hier oben kann Andy nur einen Teil der uralten, steilen Steintreppe überblicken, die nach unten in den ehemaligen Weinkeller führt. Den Kellerraum selbst sieht er von hier aus jedoch nicht. Er steigt langsam die Treppe hinab und tastet sich vorsichtshalber am Geländer entlang. Denn die ausgetretenen dreißig Stufen sind gerade mal eine dreiviertel Schuhlänge tief, und es besteht bei jedem Schritt die Gefahr, auszurutschen. Stufe für Stufe öffnet sich für Andy allmählich der Blick in einen großen, weiß gekalkten Saal.

An der meterhohen Decke, die von schweren Säulen getragen wird, hängen große, kreisrunde Leuchter, in denen früher sicher einmal Kerzen gesteckt und für gemütliches Licht gesorgt haben. Der Saal ist einfach und zweckmäßig mit dunklen Holztischen und Stühlen eingerichtet.

An der Stirnseite hinten rechts befindet sich die Bar, hinter der ein alter, grauhaariger Mann im mittelalterlichen Hemd und mit brauner Lederschürze, schwarzer Hose und Stulpenstiefeln mit einem Handtuch im Zeitlupentempo historische Bierhumpen poliert.

Handelt es sich um den Wirt, ein Faktotum oder gar um einen Wiedergänger aus dem Jahre vierzehnhundertzweiundvierzig? Andy fasst all seinen Mut zusammen und wagt einen Versuch, ihn anzusprechen, hält aber für alle Fälle zwei Meter Fluchtabstand. Hoffentlich versteht die Gestalt seine Sprache.

Mit »Guten Abend, ich bin Andy von der Band für heute, schönes Lokal haben Sie hier« versucht Andy, einen Kontakt mit dem Wesen aufzunehmen.

Der Mann senkt den Kopf und mustert ihn mit kritischem Blick über die oberen Ränder seiner Halbbrille: »Ach, ihr seid das, Kalle hat ja von euch geschwärmt. Na, mal sehen, unser Publikum ist schon anspruchsvoll!«, spricht der Mann ohne Namen. Oder er mag ihn nicht sagen, weil er so scheußlich ist wie »Alberich«. Seine Stimme hat einen abweisenden, unfreundlichen Unterton. Erster Eindruck: ein Unsympath! Aber, Donnerwetter, immerhin kann er sprechen, stellt Andy fest und antwortet: »Wir tun unser Bestes, wo sollen wir denn aufbauen?«

Der Wirt zeigt wortlos auf ein angestaubtes Klavier, welches etwa acht Meter vom Tresen entfernt an der gekalkten Wand steht. Eine Bühne ist nicht vorhanden, aber so etwas war im Mittelalter sicher unbekannt. »Dort, dort bauen alle auf, da ist auch der Strom. Aber ich habe doch nicht nur EINEN Musiker gebucht, wo sind denn die anderen?«

»Die anderen müssen gleich hier sein«, antwortet Andy, der leicht beunruhigt ist, weil es schon deutlich nach siebzehn Uhr ist. Nun öffnet sich hörbar das schwere Holztor, das Andy von der Bar aus nicht sehen kann. Alles, was er von der Bar überblicken kann, sind nur die ersten fünfundzwanzig Stufen der Treppe. Er hat also keine Ahnung, was ganz oben vor sich geht.

»Na, sehen Sie, Chef, da kommt schon der nächste und ...«
In dem Augenblick fällt ein Stativ mit lautem Gescheppen die
Treppenstufen herunter, schlägt einige bewundernswert elegante Salti und bleibt nach einer gefühlten Ewigkeit auf dem
Boden vor der Treppe liegen. Vorher hat es aber noch einen
gut gefüllten Stand-Aschenbecher mitgenommen, dessen
Inhalt sich nun über den gesamten Boden verteilt.

Der Wirt, der Zeitreisende aus dem Mittelalter, schimpft
laut: »Na, das fängt ja gut an, jetzt muss ich diese ganze
Sauerei wegmachen, als ob ich sonst nichts zu tun hätte.«

»Nö, lass mal, Chef!«, ruft plötzlich eine freundliche,
weibliche Stimme aus dem Hintergrund versöhnlich. »Ich
mache das schon!«

Da ist sie wieder zu spüren, denkt Andy, diese Hierarchie,
wenn man in Kneipen und Lokalen spielt. Ganz oben steht
der Wirt, unter ihm die Bedienungen, dann lange nichts ...
und ganz am Ende: die Musiker. Wenn es das Publikum
nicht gäbe, welches einen mit Beifall belohnt, wäre Musiker
zu sein ein furchtbarer Beruf.

Die unsichtbare weibliche Stimme aus dem Hintergrund
bekommt ein Gesicht. Aus der Küche eilt ein wunderschönes junges Mädchen in Andys Alter mit einem Handfeger
Richtung Treppe, ohne ihn zu beachten. Er ist von ihrem
Anblick so verzaubert, dass er sie aus einiger Entfernung
verzückt anstarrt, als könne er seinen eigenen Augen nicht
trauen, die ihm aber doch nur zeigen, was er sieht. So eine
Frau ist bestimmt schon vergeben. Falls nein, handelt es
sich hoffentlich nicht um die Wirtstochter! Zwischen dem
Wirt und Andy ist das imaginäre Handtuch schon zerschnitten worden, als es noch nicht mal fertig genäht war.
Er muss leider versuchen, sie wieder aus seinem Kopf zu

bekommen, was sein Unterbewusstsein aber nicht ganz zulässt. Der Gedanke, von ihr harsch einen Korb zu kriegen, beschäftigt ihn aber trotzdem weiter. Also konzentriert er sich wieder auf den anstehenden Job.

Andy ist erleichtert, nicht mehr alleine mit dem gewöhnungsbedürftigen Wirt zu sein, als er auf Saxofonist Mick aufmerksam wird, der gerade vollgepackt mit seinen Gerätschaften die schwere Türe mit dem Fuß geöffnet hat und dabei mit seinem ganzen Zeug fast die Treppe heruntergesegelt wäre. Mick ruft nach einem heftigen »Haaatschi« quer durch den Saal: »Hallo Andy, wie du gerade gehört hast, bin ich angekommen. So was blödes, ehrlich! Ist aber auch saugefährlich hier.«

»Wenn man die Augen aufmacht, nicht!«, ruft der Wirt ihm entgegen, gleichsam als Begrüßung »… Andere schaffen das ja auch!«

Das war also mal für alle ein Einstand, der in die Hose gegangen ist, denkt Andy. Mick ist offenbar erkältet. Das ist kein gutes Zeichen. Er ist herzensgut, aber wenn er erkältet ist, dann ist er miesepetrig, und zwar zu jedem. Als Bläser ist es natürlich besonders lästig, Husten oder Schnupfen zu haben. Man bekommt schwerer Luft, kann diese nicht so kräftig in das Saxofon pusten, und dem ist die vermehrte Feuchtigkeit in der Atemluft eines Erkälteten auch nicht gerade zuträglich.

Andy geht jetzt Mick entgegen und bittet ihn: »Hör mal, die Stimmung ist hier gerade nicht die beste. Lass uns jetzt einfach damit anfangen, aufzubauen.« Mick riecht, als hätte er sich einen Eimer Menthol über den Körper gegossen. Wenn der einer Kerze zu nahe kommt, sinniert Andy, könnte er in Flammen aufgehen.

Er nimmt wie immer als Erstes die Klavierabdeckungen ab. Eine sich bewegende Mechanik aus Hämmern, Dämpfern und Hebeln sorgt für einen schönen optischen Effekt beim Publikum. Und es ist der Beweis dafür, dass der Pianist das Instrument wirklich spielt.

Andy bekommt einen leichten Schreck, denn das Piano ist weder technisch noch optisch in einem guten Zustand. Wie sich herausstellt, muss die letzte Stimmung ebenfalls aus dem Jahre vierzehnhundertzweiundvierzig stammen, stellt Andy scherzhaft fest. Immerhin: Ein Klaviervorgänger, das »Dulce Melos«, ist schon um vierzehnhundertvierzig erfunden worden, weiß Andy.

»Da kann man in den Vertrag reinschreiben, was man will. Von wegen gestimmt nach ›Kammerton A‹. Da lachen ja die Hühner …!«, schimpft Andy leise vor sich hin und schaut dabei zu Mr. Menthol, der ihm kopfnickend bestätigt: »Manche Wirte kümmert das überhaupt nicht; in Musikklubs ist das zum Glück anders«, und er flucht dann weiter, was das Zeug hält, was hier aber nicht wiedergegeben werden kann.

Für ganz schlimme Fälle hat Andy stets einen Stimmschlüssel dabei, aber das verstimmte Klavier hier ist für ihn nicht korrigierbar. »Na ja, klingt heute Abend dann eben nach Honkytonk-Piano. Wir können aber versuchen, den Sound über die Verstärkeranlage zu verbessern«, sagt Andy zu Mick.

In vielen Fällen klappt das tatsächlich. Andy hat es sogar schon geschafft, über Hitzeeinwirkung die Stimmung eines Flügels um einen halben Ton nach unten zu korrigieren. Er hat dazu einfach zwei Bühnenscheinwerfer wie Heizstrahler benutzt und sie eine Stunde auf einen Flügel scheinen lassen – mit etwas Glück ergab das tatsächlich eine Stimmung nach »Kammerton A«. Die Saiten dehnen sich in der Wärme halt aus und der Ton wird tiefer.

Mick und Andy gehen gemeinsam die steile Treppe nach oben, um die gemietete PA-Anlage, also das Soundsystem zur Verstärkung von Klavier und Gesang, aus Micks Fahrzeug zu holen. Die Anschaffung einer eigenen Anlage ist finanziell nicht drin.

Beide haben es ohne Ausrutscher halb nach oben geschafft, da öffnet sich der schwere Torflügel erneut. Es ist Mud, dessen rechter Fuß sich gerade behutsam und unsicher in den Raum über der ersten Stufe vortastet, um irgendwo festen Halt zu finden. Das muss natürlich misslingen.

Der starke Mud ist wie ein Muli bis unters Kinn mit Schlagzeugkoffern bepackt. Das versperrt ihm ausgerechnet jetzt zusätzlich die Sicht. Andy und Mick rufen gerade noch »Vorsicht!«, da verliert er auch schon das Gleichgewicht und droht die steile Treppe hinunterzustürzen. Aber wie ein Held aus der griechischen Sagenwelt behält Mud die Koffer unverändert fest im Griff. Lieber würde er zusammen mit seinem geliebten Schlagzeug sterben, als es fallen zu lassen.

Er balanciert nun auf seinem linken Bein mit dem Geschick eines Balletttänzers auf der obersten Treppenstufe und hängt dabei halb in der Luft. Andy und Mick stürmen ihm die letzten Stufen nach oben zu Hilfe, und es gelingt ihnen gerade noch in letzter Sekunde, den strauchelnden Mud nebst seinen Becken, Toms und dem Hi-Hat aufzufangen und zu stabilisieren.

Das Einzige, was doch noch heruntersegelt, ist der Teppich, die Unterlage für das Schlagzeug. Der erste und letzte fliegende Teppich, den die Musiker in ihrem Leben sehen.

»Mann, Mud, das war knapp«, schnauft Andy erleichtert.

»Ein richtiger Kack-Laden!«, motzt der angeschlagene Mick.

»Ihr liebt meine Schießbude (Musikersprache = Schlagzeug) so wie mich … Das war echt knapp«, bedankt sich Mud. »Ein Warnschild da oben wäre hier klar von Vorteil.«

Zu Andy flüstert Mud: »Was ist denn mit Mick, mal wieder erkältet, wie?«

»Stimmt Mud, lass den bloß in Ruhe, sonst gebärt seine schlechte Laune noch den ganzen Abend schlechte Flüche!«

Als die drei etwas weiter unten auf der Treppe stehen, da ätzt es von oben: »Na, Jungs, was macht ihr denn da? Physikalische Experimente?« Es sind Rob und Mr. Foley, die das Quintett vervollständigen.

»Schön, dass ihr da seid«, ruft Andy. »Wir haben nur noch eine halbe Stunde, um aufzubauen.«

»Freitagabendverkehr, tut uns leid … Und auch noch ein Unfall mit Stau auf der A 3. Aber ihr wart ja schon fleißig. Eigentlich ein schöner Saal«, stellt Rob fest.

Mick meint: »Ja, allerdings alles Mist, so ohne Bühne, das macht es nicht gerade einfacher, mit dem Publikum in Kontakt zu kommen. Und passt ja auf – die Treppe ist gemeingefährlich! Den Wirt sollte man anzeigen! Haaaatschiiii!«

»Es wird ohnehin ein harter Job, denn es gibt keine Kasse, die Leute zahlen keinen Eintritt. Es ist also davon auszugehen, dass einige Gäste nicht wegen der Musik kommen. Folglich geht es dem Wirt heute mehr um guten Umsatz als um Musik. Aber das wäre ja nicht das erste Mal. Ich brauche jedenfalls die Kohle. Aber lasst uns jetzt runtergehen und die Dinge fertig anschließen. In einer halben Stunde soll ja schon Einlass sein«, erklärt Andy.

Die Musiker holen die PA (»Public Address« = »Soundsystem«) etc. und bauen ihr Equipment auf. Bald schon hört man über die Bass-Box schon mal den Kontrabass wummern.

»Ich stimme mal den Bass«, kündigt Mr. Foley an.

Andy setzt sich ans Piano: »Hier, hör mal, zum Beispiel ein tiefes und ein höheres G«, und schlägt die beiden Tasten Ton »G« wiederholt nacheinander und zusammen an.

»Was ist das denn?!«, ruft Mr. Foley mit Blick auf sein Stimmgerät entsetzt.

»Das soll ein vertragsgemäß gestimmtes Pianoforte sein!«, stellt Andy sarkastisch fest.

»Ach so, na dann. Meine Stimmung muss dann mal wieder ein Kompromiss zwischen einem hohen und einem tiefen »G« sein! Hauptsache, die Penunzen stimmen, die brauche ich nämlich dringend.« Mr. Foley muss lachen.

»So ein verdammter Mist!«, ruft Rob plötzlich entsetzt dazwischen und ist ganz bleich im Gesicht.

»Was 'n los, Stromschlag bekommen?«, fragt Andy.

»Das wäre nicht so schlimm. Der ›Amp‹ (Verstärker) knackte beim Einschalten kurz und macht nun keinen Mucks mehr – das war's vermutlich für mich, Leute!«

»Über den Bassverstärker oder die PA können wir die Gitarre nicht laufen lassen, das klingt überhaupt nicht«, winkt Mr. Foley direkt ab.

»Stimmt, ich muss einen anderen Verstärker organisieren, ich frage mal beim Wirt«, kündigt Rob an.

Andy will ihn noch warnen, dass dies bei dem wenig hilfsbereiten Mann ohne Namen keine gute Idee sei, da ist

Rob auch schon unterwegs zu ihm. Die lautstarke Antwort des Wirts ist dann auch im ganzen Saal zu hören:

»Ob ich jemanden kenne, der einen Verstärker für deine Klampfe hat? Sehe ich aus wie ein Musikalienhändler? Schaut einfach zu, dass ihr euren Mist in Ordnung haltet und dass ihr in die Gänge kommt.«

Rob kehrt mit rotem Kopf von dem Zusammenstoß zurück und scherzt nur scheinbar gelassen:

»Normalerweise würde ich dem jetzt eine runterhauen. Da hätte ich jetzt richtig Lust zu.« Das würde Rob natürlich niemals tun, aber der Umgang unter den Musikkumpels ist traditionell lässig, das baut Stress ab und ist nicht für fremde Ohren bestimmt. Und vor allem lockert es die Musiker vor dem Auftritt auf, wenn das aufkommende Lampenfieber ihnen langsam das Adrenalin in die Adern schießen lässt.

Rob fällt ein: »Na ja, ich kenne ja den Luki, der wohnt hier um die Ecke, vielleicht ist der da und leiht mir seinen Verstärker. Ich latsche mal lieber zur Telefonzelle – der Typ da hinten, der sich ›Veranstalter‹ nennt, wird mich sicher nicht an sein Telefon lassen.«

Rob balanciert die dreißig Stufen nach oben, vom Wirt so sauer gefahren, dass seine Kollegen unsicher sind, ob er überhaupt wiederkommen wird. Sie hätten jedenfalls den Job am liebsten schon hinter sich.

Die Musiker nehmen nun die gemietete PA, also das Soundsystem zur Verstärkung von Gesang und Piano, in Betrieb. Einen professionellen Tonabnehmer hat Andy wie immer am Resonanzboden des Klaviers befestigt und mit der PA verbunden. »Mal sehen, was jetzt wieder passiert«, sagt Andy und drückt mit beschwörender Geste auf den

An/Aus-Kippschalter des Verstärkers, der immerhin rot leuchtet und damit seine Betriebsbereitschaft signalisiert.

»Das wäre ja wirklich ein Ding gewesen, wenn der jetzt auch nicht funktioniert hätte«, meint Mr. Foley und bittet Mick, testweise in das angeschlossene Mikro zu blasen.

Mick bläst, genauer gesagt: hustet hinein …, aber die Lautsprecher bleiben stumm. »Vermutlich defektes Kabel. Oder das Mikro hat sich gerade bei dir grippal angesteckt – zum Schutz dagegen solltest du heute eine OP-Maske aufsetzen, bin ich gerade draufgekommen! Sonst löst du noch eine Pandemie aus!«, meint Andy mit heiterer Stimme.

Aber schon ein kurzer Check bestätigt, dass es nicht an den Kabeln liegen kann. Also werden die Eingänge nacheinander geprüft, aber nirgends tut sich etwas. Die Lautsprecher sind vermutlich in Ordnung, aber ohne funktionierende PA auch vollkommen wertlos.

»Habt ihr die PA vorher nicht mal ausprobiert?«, fragt Mr. Foley in neutralem Ton, was bei Mick aber wie ein Vorwurf ankommt. Der reagiert, stark näselnd, über, wie bei seiner Erkältung nicht anders zu erwarten ist:

»Wie soll das gehen, hä?! Soll ich diese bekloppte Anlage im Geschäft abholen, sie dann über drei verfluchte Etagen in meine Wohnung wuchten, ausprobieren und dann wieder ins Auto laden? Das kann's ja wohl nicht sein! Seid doch froh, dass ihr einen Blöden habt, der das ganze Zeug anmietet und hierherschleppt.«

»Tut mir leid, Mick, war so nicht gemeint«, beschwichtigt ihn Mr. Foley. Er bekommt jetzt erst mit: Mick ist erkältet, das bedeutet, ihn lieber in Ruhe zu lassen. Man sollte ihm besser ein Warnschild umhängen, denkt er. Aufschrift: »Achtung wild! Bitte nicht ansprechen!«

Rob kommt zum Glück doch noch zurück, aber man sieht ihm schon von Weitem an, dass er keinen Ersatzverstärker an Land ziehen konnte: »Leute, Luki war zwar da und er hätte mir das Teil auch geliehen, wenn er es nicht schon einem anderen Kumpel für heute versprochen hätte. Ist halt Freitag, da machen viele Kollegen Musik. Mist.«

Inzwischen ist viel Zeit vergangen. Das Publikum ist längst da, und der Auftritt muss beginnen. Andy erläutert seinen Bandkollegen, wie sie ein kurzes erstes Set schon hinbekommen. Immerhin gingen ja das Klavier akustisch, ebenso der Bass und auch das Sax. Eine Klavier-Boogie-und- Blues-Runde wäre also mit der Snare des Schlagzeugs schon möglich. Nach dem Set könnten sie gemeinsam entscheiden, ob und wie sie weitermachen. Nur das Publikum dürfte von den Problemen möglichst nichts mitkriegen. Außerdem sollten sie sehen, dass sie irgendwie ihre Gage retten.

Gesagt, getan: Punkt neunzehn Uhr dreißig beginnt die Show in kleinerer Besetzung, vor einem ausgebuchten Saal. In den ersten Minuten zeigt sich meist schon, ob die Band ankommt und der Abend gut wird. Der feurige Eröffnungstitel mit Piano, Bass und Schlagzeug wird mit einem tosenden Beifall belohnt. Dass nur ein Trio bzw. Quartett spielt, scheint niemanden zu stören. Das Set läuft gut und geht unter großem Applaus des Publikums zu Ende. Andy hat mit aller Kraft die Tasten des Pianos anschlagen müssen, um möglichst viel Lautstärke zu erzeugen – entsprechend stark schmerzen seine Fingerkuppen.

Der Stress bei der Anreise, der Ärger mit dem Wirt und die Pannen beim Aufbau setzen der Band gleichwohl zu. Wenn es nicht doch noch gelingt, die Technik in Gang zu bekommen, müssen sie wohl oder übel den Auftritt abbrechen. Denn ohne ein gut gestimmtes Klavier und eine funktionierende Technik können sie ihr musikalisches Potenzial nicht optimal »ausspielen«. Und darauf hat das Publikum einen Anspruch, selbst wenn es heute keinen Eintritt zahlt. Das ist ihre professionelle Einstellung. In der Pause versuchen die Musiker noch einmal alles, um die Verstärker in Betrieb zu nehmen. Aber die Geräte bleiben stumm. Der Auftritt muss abgebrochen werden.

Rob schreit mit seiner kräftigen, geschulten Stimme laut in den Saal:

»Darf ich kurz um Ruhe bitten … bitte Ruhe, danke. Vielen Dank, dass ihr heute gekommen seid. Dass wir das erste Set heute ohne Gitarre, Vocals und deutlich leiser gespielt haben als sonst, ist natürlich nicht gewollt. Manchmal hat man halt kein Glück, und dann kommt auch noch Pech dazu. So ein Tag ist heute. Gleich zwei Verstärker haben die Autofahrt hierher nicht überlebt. Das ist der maximale Schaden, der für uns eintreten kann, und nun ist es zum ersten Mal überhaupt passiert. Unser Plan B, noch kurzfristig Ersatzgeräte zu organisieren, ist leider gescheitert. Wir können in diesem großen Raum auch nicht ohne Anlage spielen. Wir sind selbst todtraurig darüber und entschuldigen uns bei euch dafür, wenn wir den Auftritt heute abbrechen. Aber wir wollten euch wenigstens einen kleinen Eindruck von der Musik vermitteln, die wir machen. Vielleicht dürfen wir noch einmal wiederkommen. Vielen Dank!«

Das Verständnis des Publikums ist gewaltig, und es gibt noch einmal einen Riesenbeifall. Rob erweist sich als würdiger Conférencier in eigener Sache.

Andy muss ein paar Minuten nachdenken und fragt

dann die Jungs, ob sie nicht zumindest versuchen sollten, etwas Geld für das eine Set zu bekommen. Alle stimmen ihm zu. Andy opfert sich und geht ein letztes Mal zu dem grimmigen Wirt, ohne ein gutes Gefühl, nach dem bereits Erlebten. Er versucht, ihm das Malheur zu erklären.

Aber wie erwartet blafft der Wirt ihn an: »Wisst ihr, ihr führt euch hier auf wie die Anfänger und kriegt nichts auf die Kette. Und wer nichts auf die Kette kriegt, kriegt auch keine Kohle. Ihr habt den Auftritt nicht hingekriegt, so sieht's aus. Du kannst dir aber einen Fuffi verdienen und noch drei Stunden kellnern!«

Andys Fäuste ballen sich in den Hosentaschen. Er will sich jetzt nicht auch noch verhöhnen lassen und wehrt sich lautstark: »Also, jetzt mach mal halb lang. Das müssen wir uns nicht sagen lassen. Die Anlage ist gemietet und kaputt. Durch Zufall auch ein Verstärker, den wir immer gut warten. Wenn die Technik versagt, dann ist das Pech. Und wir haben vorhin alles dafür gegeben, Ersatz zu organisieren. Hat leider nicht geklappt. Wenn jetzt deine Zapfanlage ausfällt, dann hast du auch ein Problem, oder?! Um die Leute nicht zu verärgern, haben wir sogar ein halbakustisches Set spielen können. Und deinen Laden haben wir wohl heute Abend gut gefüllt! Deine Rechnung geht also auf, nur unsere nicht. Wir sind aber nicht die heiligen Samariter, sondern eine Bluesband!!!«

Er würde dem Wirt gerne auch noch gesagt haben, dass das Klavier alles andere als gestimmt ist und es anders im Gastspielvertrag vereinbart war. Aber er weiß auch, dass ihr Manager Kalle das als unprofessionell empfinden würde und dies sogar seinem Ruf schaden könnte. Immerhin nimmt der Wirt Andys Predigt so zur Kenntnis und hält zum ersten Mal sein Lästermaul, mit dem er alle hier nervt.

Andy dreht dem Wirt den Rücken zu und verlässt die Szene, da hält ihn jemand von hinten am Ärmel fest. Er befürchtet schon, dass der Wirt zur Attacke schreitet. Aber es stellt sich heraus, dass der Überfall von der netten Kellnerin von vorhin ausgeht, die meint:

»Hey, ihr habt so tolle Musik gemacht. Mir hat das richtig gut gefallen und den Leuten hier auch. Denk dir nichts dabei, der Wirt ist ein Unhold, auch anderen gegenüber, nur zu zahlenden Gästen ist er freundlich.«

»Danke dir. Das ist der erste freundliche Satz, den ich heute höre. Daran denke ich, wenn ich gleich zurückfahren muss.«

Sie wird etwas verlegen, zwinkert ihm zu und sagt: »Weißt du, ich spiele auch Klavier. Nicht so was wie du, aber ich würde das gerne lernen. Das wäre echt knorke, wenn du mir was zeigen würdest. Hast du eine Karte?«

»Nein, so was habe ich nicht, ist zu teuer. Aber ich schreibe dir meine Telefonnummer auf. Wenn du magst, ruf mich gerne an. Wie heißt du eigentlich?«

»Anja!«

»Ein schöner Name – Anja – klingt wie Musik. Ich freu mich, wenn wir uns wiedersehen und gemeinsam schwarze und weiße Tasten anschlagen.«

Anja genießt das Kompliment. So etwas Nettes über ihren Namen hat noch nie jemand zu ihr gesagt. Andy gibt ihr seine Telefonnummer, strahlt sie freundlich an und Anja schenkt ihm dafür ein hinreißendes Lächeln. Andy ist happy. Dieses bezaubernde Mädchen, die für ihn so unerreichbar schien, hat ihn angesprochen. Sein nach der Trennung von Sofie leicht eingedelltes Selbstbewusstsein beult sich gerade wieder aus. Ein versöhnliches Ende nach einem verkorksten Tag.

»Anja! Sieh zu, dass du in die Gänge kommst!«, grölt es plötzlich von der Theke.

»Gewöhn dir mal einen anderen Ton an, das steht dir besser zu Gesicht!« Diesen Satz Richtung Wirt kann sich Andy nicht verkneifen. Genug ist genug! Anja ist beeindruckt.

»Vielen Dank, du bist ein echter Kavalier! Ich muss dann mal. Tschüssi!«, flüstert Anja ihrem eventuellen Klavierlehrer ins Ohr und geht in die Küche des Lokals. Andy ist dem Wirt geradezu dankbar, dass er ihm unbewusst Gelegenheit gegeben hat, Anja seine ritterliche Seite zu präsentieren. Sie hat selbst gesagt, dass er ein Kavalier sei, also ein ritterlicher Beschützer der Damen. Was für ein versöhnliches Ende dieses verkorksten Abends.

Andy berichtet den Kollegen von dem sinnentleerten Gespräch mit dem Wirt. »Der ganze Aufwand heute und dann das«, hadert Mick mit dem heutigen Abend.

Rob erkundigt sich neugierig, was denn die hübsche Bedienung von Andy gewollt hätte. »Klavierunterricht!«, antwortet Andy kurz und lässt alle Fragen offen.

Rob muss das natürlich kommentieren: »Klavierunterricht, ach so nennt man das heute!« Andy und Rob müssen herzhaft lachen und schlagen sich gegenseitig freundschaftlich auf die Schultern. »Du sollst hier aber nicht das Personal abschleppen, sondern die Instrumente. Also zacki ...«, scherzt Rob.

Die Band beginnt damit, ihr ganzes Equipment in mehreren Etappen die dreißig Stufen aus dem Keller nach oben zu schleppen. Dabei saust ein Gast auf dem Hintern an ihnen vorbei, die Treppe hinunter, bis ganz nach unten. Wieder ein Opfer. Total absurd.

Die Stimmung ist gedrückt: so ein Riesenaufwand ohne einen einzigen Pfennig Gage. Nach dem Debakel sind die Freunde etwas geknickt. Andy versucht, die Laune etwas aufzuhellen: »Ja, heute gab's mal Blamage statt Gage, außer Spesen nix gewesen, egal. Leute, lasst uns nach vorne gucken. Sehen wir's positiv: Wir haben jetzt schon FREI! Wir sollten außerdem froh sein, dass dieser »Größte anzunehmende Unfall« für eine Band heute in diesem Laden passiert ist und nicht bei einem wirklich wichtigen Auftritt. Das haben wir hinter uns und wir haben das gut gemanagt. Also, steckt's weg. Wir laufen gleich die Treppe RAUF, welch schönere Symbolik könnte es wohl geben, für den nächsten Gig.«

Rob bläst ins selbe Horn: »Wenn mal was schiefläuft, ist es wie beim Pferdesport: Der gefallene Reiter soll sofort wieder aufsitzen und weiter galoppieren. Das gibt uns wieder Sicherheit für die nächsten Gigs.«

An der Theke beim Wirt entdecken die Musiker einen jungen Mann, der sich seine Po-Muskeln massiert. Es ist der Gast, der gerade eben die unfreiwillige Rutschpartie auf der Treppe absolviert hat. Die Musiker verstehen nicht genau, was er dem Wirt im örtlichen Dialekt fluchend an den Kopf wirft. Aber deutlich muss es gewesen sein.

Andy beobachtet, wie der Wirt danach seinem Gast über die Theke hinweg einen Satz heiße Ohren verpasst, deftig serviert. Der Gast, durchaus von kräftiger Statur, lässt sich nicht lange bitten. Er lehnt sich flink mit seinem langen Oberkörper über die Theke, packt den Wirt mit seiner linken Hand kräftig am Kragen und schlägt ihm mit der rechten Faust mit Schmackes auf die Backe. Das Opfer kann gerade noch etwas ausweichen, sodass sich die Blessur in

Grenzen hält, die Unterlippe aber gut gezeichnet ist. Andy kann seine Schadenfreude nicht verbergen. »Mitten auf die Zwölf, aber ›Mr. Bartender‹ steht noch, oder wirft er etwa das Handtuch?«, kommentiert der selbst ernannte Reporter Rob den Punktkampf voller Häme.

Doch noch ist's nicht vorbei. Die gegenseitigen Beschimpfungen an der Theke starten aufs Neue. Die anderen Gäste scheinen solche Szenen gewohnt zu sein. Sie lassen sich überhaupt nicht stören und führen ihre Unterhaltungen fort. Wie sich herausstellt, kommt das Opfer, ebenso wie der Wirt, aus dem Ort. Letzterer zeigt sich nach diesen Szenen aus der Provinz versöhnlich und verspricht seinem Kontrahenten als Schmerzensgeld drei kostenlose Getränkerunden für sich und seine fünf Begleiter. So wird das also hier geregelt, solange nichts gebrochen ist. Wilder Westen, die Band mitten drin.

Die Musiker amüsieren sich prächtig über diese kostenlose Showeinlage und freuen sich, dass es den Wirt so richtig getroffen hat. Mick meint lachend zu Mud: »Du bist doch auch so ein Kleiderschrank. Gib dem Trottel von Wirt doch auch noch eins auf die andere Backe und einige dich dann mit ihm auf eine Gage.« Alle Musiker lachen den Stress des total verkorksten Abends weg, umarmen sich zum Abschied und verlassen diesen Unglücksort, den sie von sich aus nicht mehr betreten wollen. Etwas abergläubisch sind halt alle ein wenig.

Rob ruft am nächsten Tag Manager Kalle an und berichtet ihm von dem Desaster. Kalle beruhigt ihn: »Diesen Wirt, also Günter, den kenne ich schon ewig und drei Tage. Er ist zwar gewöhnungsbedürftig, aber immerhin zuverlässig. Ich spreche mit ihm und werde die Wogen glätten.

Das kriege ich schon hin. Ihr habt jedenfalls professionell reagiert, Jungs. Das rechne ich euch hoch an. Pass mal auf, ich gebe euch zumindest die Kohle für die Fahrtkosten, also gut aufgerundet, kleiner Ansporn.«

Ein guter Manager und ein noch besserer Psychologe, findet Psychiater Rob. Er muss es ja wissen.

Fingerzeige

Die Gagen sind noch nicht auskömmlich, Andy muss sich deshalb immer mal wieder mit Aushilfsjobs über Wasser halten. Er heuert diesmal bei einer Metallfirma in Duisburg an. Andy bekommt vom Meister Arbeit an einer höllisch veralteten Einzelplatz-Werkzeugmaschine zugewiesen. Der Job ist aber nicht schlecht bezahlt, vor allem, wenn er Nachtschichten mit fetten Zuschlägen schiebt.

Die Prüfungsvorbereitungen für sein Studium gehen trotzdem weiter, und die zugesagten Gigs kann Andy selbstverständlich nicht absagen. Nach Feierabend ist auch noch eine wichtige Probe angesetzt.

Beim Einspannen eines Metallteiles in die Maschine passiert ihm ausgerechnet heute ein Fehler. Andy ist mit seinen Gedanken schon ganz bei der Probe und spielt im Geiste immer wieder die bestimmte Stelle eines Titels auf dem Piano durch, die er gerne anders arrangiert hätte. Er ist dadurch abgelenkt und spannt das zu bearbeitende Werkstück nicht exakt waagerecht in die Werkzeughalterung der Maschine ein. Beim Bearbeitungsvorgang verkanten sich dann einige Bohrer an der schrägen Fläche und brechen mit einem Riesenrums ab. Den Krach kann man in der gesamten Werkhalle hören. Ein Widerhall wie in einer Kathedrale, denkt Andy noch.

Von dem Krach alarmiert, kommt natürlich der Industriemeister, am grauen Kittel gut zu erkennen, angerannt und warnt ihn:

»Pass bloß besser auf. Du darfst mit deinen Fingern auch niemals den rotierenden Bohrern zu nahe kommen, wenn dir deine Finger lieb sind. Selbst der Arbeitshandschuh schützt dich nicht, da der Stoff inklusive der Finger mit großer Kraft in die Bohrer hineingezogen wird. Merk dir das! Wir tauschen die kaputten Bohrer aus – die kosten zwanzig D-Mark pro Stück! Lass dir das eine Lehre sein – und dann kannst du weitermachen.«

Andy kriegt nach dieser Belehrung nachträglich einen Riesenschreck. Das darf ihm nicht passieren, dann wäre es mit Klavierspielen für immer vorbei. Als der Meister weg ist, kommt einer der italienischen Kollegen aus dem hinteren Teil der Halle zu ihm und sagt:

»Ich sag das mal unter uns. Verrate mich aber bloß nicht beim Meister, okay!«

»Klar, Ehrensache!«, antwortet Andy.

»Die stellen hier jeden Anfänger an diese uralte Maschine. Dabei ist die gefährlich! Hast du ja gerade gemerkt. Die Maschine hier darf eigentlich gar nicht mehr laufen. Wenn die Aufsicht das wüsste, dann würden die echt Ärger kriegen. Deshalb hat das auch für dich heute keine Konsequenzen, weil das sonst auffliegen würde. Ich muss dann mal wieder …«

»Danke, echt nett von dir …«

»Pass auf dich auf! Und: Mach langsam, du bist hier nicht im Akkord!«

Andy mag diese italienische Truppe. Sie ist ihm aufgefallen, weil sie so herzerfrischend albern ist. Und anders als viele deutsche Arbeiter, die nach getaner Arbeit lieber im Blaumann nach Hause fahren, haben die Italiener Stil und schlüpfen in ihre schicken Anzüge, die polierten italienischen Schuhe und gehen so piekfein wie ein Bankdirektor nach Hause.

Andy wird klar: Die Firma fährt mit ihm als unerfahrener Aushilfskraft volles Risiko. Aber was soll er machen? Er hat den Job angenommen und muss das jetzt durchziehen, weil er das Geld dringend braucht.

Andy wird nach der Ansage des sogenannten »Graukittels« zwar vorsichtiger, darf aber nicht zu langsam arbeiten, weil er die verlangten Stückzahlen erreichen muss. Schafft er sie nicht, wird man ihn rausschmeißen, da ist er sicher. Wenn er diesen gut bezahlten Job verlieren würde, dann käme er finanziell ganz schön in die Bredouille. Insgesamt beste Voraussetzungen für einen Arbeitsunfall: Maschine ohne Schutzvorrichtung, Zeitdruck, Geldnot. Und dann hält eben bei ihm durch die eintönige Arbeit der alte Schlendrian doch wieder Einzug. Er fühlt sich mit jedem Drehvorgang immer sicherer und alles scheint wie von selbst zu laufen.

Dieses Sicherheitsgefühl ist trügerisch, obwohl er wie vorgeschrieben stets Arbeitshandschuhe trägt. Bei einem laufenden Drehvorgang entdeckt Andy einen aus dem Werkstück herausragenden Metallspan, den er ohne nachzudenken einfach mit der Spitze des linken Zeigefingers wegschnipsen will. Der Span fängt gerade in diesem Moment an, sich wie wild mitzudrehen und erfasst seinen linken Handschuh. Der wird mit enormer Kraft in die Bohrer hineingezogen. Andy hat keine Chance zu reagieren, hat aber das unglaubliche Glück, dass der Handschuh glatt von seiner Hand abgezogen wird, bevor er von den Bohrern regelrecht zerhäckselt wird. Andy kommt sofort die Theorie von der sich selbst erfüllenden Prophezeiung in den Sinn. Denn das, was sich gerade ereignet hat, entspricht dem, was er sich in Gedanken bereits vorgestellt hat. Es sollte wohl so sein, und Andy sieht sich in seiner Vorahnung bestätigt.

Er kommt also zu seinem großen Glück mit einer stark blutenden Wunde am Zeigefinger davon, den er sogleich provisorisch mit einem Taschentuch abbindet. Sein Herz schlägt vor Aufregung wirklich bis zum Hals. Das muss sie gewesen sein: die letzte Warnung! Der Meister soll ihn besser nicht noch mal erwischen. Also lässt er die Bohrer schnell rückwärtslaufen und birgt die kläglichen Überreste des zerfetzten Handschuhs aus den Bohrern. Den kaputten Handschuh lässt er verschwinden.

In der Mittagspause geht Andy zum Betriebsarzt, der die Wunde versorgt.

»Wie ist das denn passiert?«, will er wissen »Einen Arbeitsunfall muss ich aber melden!«

»Das ist nicht bei der Arbeit passiert Herr Doktor. Ich habe gerade Mittag gemacht. Und beim Schneiden der Wurst ist mir das Taschenmesser weggerutscht«, flunkert Andy.

»Ach so, na dann ist das ja nicht weiter wild. Versichert sind Sie ohnehin. Wenn Sie sich das an einer Maschine zugezogen hätten, dann wäre das ein anderer Fall, der eine besondere Meldung an die Berufsgenossenschaft zur Folge hätte. Nach einem glatten Messerschnitt sieht mir das aber nicht gerade aus. Das ist mehr gerissen als geschnitten!

Aber gut, dass Sie gekommen sind«, meint der Arzt und schaut Andy fragend an.

»Kann ich mir nicht erklären!«, antwortet Andy.

»Na gut, den Dreck in der Wunde habe ich entfernt und alles desinfiziert. Das Ganze sollte sich also nicht entzünden! Sie sind neu hier, stimmt's?! Eine Krankschreibung wollen Sie vermutlich nicht, oder?«, fragt der Arzt und denkt sich seinen Teil.

»Nein, ich möchte weiterarbeiten. Ich habe ja keine Schmerzen!«

Der Arzt sagt zum Abschied: »Verstehe! Kommen Sie aber wieder, wenn es nicht geht! Bitte hier unterschreiben.«

»Klar! Danke, Dok!«, erwidert Andy und unterschreibt das Dokument.

Der Meister im grauen Kittel bekommt so von den wahren Ursachen, die zu Andys Verletzung geführt haben, zum Glück nichts mit. Andy steckt der Schreck noch länger in den Gliedern. Irgendwer da ganz oben hat ihm mal wieder die Hand unter seinen Hintern gehalten. Immerhin wird ihm kurz danach Arbeit an den sichereren, neuen CNC-Maschinen zugewiesen.

Was soll er machen? Geld fehlt hinten und vorne. Von der Musik allein kann Andy bislang nicht leben. Bis er damit seinen Unterhalt bestreiten kann, hat Andy viele Jobs annehmen müssen, ist aber nie wieder an eine Drehmaschine gegangen. Alles, was er noch selbst drehen will, sind preiswerte Zigaretten mit Samson-Tabak.

Andy fährt von der Frühschicht nach Hause und fällt erschöpft auf sein Bett. Seinen noch leicht pochenden linken Zeigefinger wird er bei der Probe gleich schonen müssen, denkt er. Er kann wegen des Verbands an seinem Finger nicht duschen gehen und wird daher den in der Metallbearbeitung so typischen Geruch nach diesem Öl-Wassergemisch nicht los.

Abends fährt Andy zwangsläufig schmutzig zum Probenraum.

»Hallo Pianomann, was ist denn mit deiner Hand passiert? Außerdem riechst du wie eingelegter Fisch! Warum?«, fragt Rob.

»Das willst du nicht wissen. Es gab heute Morgen eine kleine Unstimmigkeit zwischen einer Werkzeugmaschine und mir. Aber es ist nicht so schlimm. Es wird schon gehen. Ich kann nur nicht so reinhauen wie sonst, genauso wie ich heute nicht duschen konnte«, antwortet Andy.

»Okay, Andy. Dann können wir ja loslegen. Übrigens hat sich diese Tänzerin von dem vorletzten Gig angesagt. Das wird bestimmt nett heute. Aber du, Mud, du solltest lieber mit Sonnenbrille üben, sonst bist du wieder abgelenkt!«, meint Mick schmunzelnd.

»Musst du gerade sagen, du mit deinem Blaskörper!«

»Na, na!«, beschwichtigt Mr. Foley und hebt belehrend seinen rechten Zeigefinger »Jetzt fahrt mal runter, wir haben einen wichtigen Job vor der Nase!«

Seit einem Auftritt in Gelsenkirchen hat die Band einen jungen, anhänglichen, weiblichen Fan. Dieses Groupie hat zu der Musik sehr professionell getanzt, im Zugaben-Teil war sie sogar mit auf der Bühne. Sie fühlt sich als Fan und auch als Teil der Gruppe, obwohl das niemand ausgesprochen hat, also eine echte »Band-Aid«. Heute besucht sie die Gruppe im Probenraum, um ihre Tanzvorführungen zu perfektionieren. Die Musiker wissen das alles zwar noch nicht so richtig einzuordnen. Aber sie ist nett, sieht gut aus, als Tänzerin sehr adrett anzuschauen, und Musiker sind ohnehin für Neues offen. Also, warum nicht?!

Das Mädchen zieht sich, als wäre es ganz normal, im Probenraum um, schlüpft in ein enges Oberteil, eine knielange schwarze Stretchhose, lange bunte Strümpfe für die Waden sowie flache silberglänzende Tanzschuhe. Frauenliebling Mud wird bei diesen Bildern wie immer nervös. Aber Fehlanzeige, sie interessiert sich nicht die Bohne für ihn, sondern ist wirklich nur für eine seriöse Probe gekommen.

»Lasst euch nicht stören, Jungs. Ich schau mal, was mir zu eurer Musik einfällt. Stellt euch einfach vor, ich wäre nicht da!«, ruft sie den Musikern zu.

Einfacher von ihr gesagt, als von den Musikern getan. Vor allem Mud weiß gar nicht, wo er hinschauen soll. Die Band zieht unter Leitung von Andy und Rob ihr Probenprogramm durch. Das junge Mädchen bewegt sich anmutig, elegant und geschmeidig zur Musik. Je länger sie tanzt, desto mehr scheint sie in eine Art Trance zu verfallen. Ihre Augen sind geschlossen und sie taucht ganz in die Töne ein.

Von ihr geht eine belebende Faszination aus, die die Musiker ganz in sich aufnehmen. Nach ein paar Stücken gehört sie »gefühlt« zur Band, aber der orientalisch anmutende Tanz passt nicht wirklich zum Musikgenre.

Das Mädchen inspiriert die Band durch ihre grazilen Bewegungen. Sie müsste eigentlich wissen, was eine hübsche, anmutig tanzende Frau bei jungen Männern bewirken kann: Ablenkung! Die geheimnisvolle Tänzerin scheint allerdings eher naiv als berechnend zu sein. Sie hat einfach nur eine unschuldige Freude an Bewegung und Ausdruck. Ihre Motive bleiben unklar. Lassen wir ihr doch ihr Geheimnis, denkt Andy. Wir fragen uns schon genug nach dem Sinn unseres Tuns und wollen allem auf den Grund gehen. Andy muss nicht alles wissen, er möchte noch Träume haben und an Märchen glauben dürfen. Er ist sich ohnehin nicht sicher, ob das, was wir wahrnehmen, ein Abbild der Wirklichkeit ist oder nur eine Fiktion unseres Gehirns. Gibt es überhaupt »Realität«?

Mud, der Clint Eastwood unter den Drummern, ist durch ihre erotische Ausstrahlung sogar sehr zerstreut und unkonzentriert. Umgekehrt scheint das aber nicht der Fall zu sein: Auf den hübschen Mud fährt sie, anders als ihre Geschlechtsgenossinnen, gar nicht ab, als sei sie eine Androidin. Andy schlägt nun vor, dass die Tänzerin doch lieber hinter seinem Rücken tanzen möge. Sie lächelt frech, versteht, was er meint, und tanzt hinter Mud weiter.

Irgendwann kommt sie der Band so plötzlich abhanden, wie sie gekommen war; vermutlich tanzt sie noch heute irgendwo: das erste und einzige Groupie der Gruppe. Die Bandmitglieder vermissen ihr Mädchen sehnsüchtig: ihre Inspiration, ihre Muse, ihre zauberhafte Ausstrahlung. Sie könnten eine Suchanzeige aufgeben, denn es existiert ein Foto mit ihr. Wo bist du, Groupie?

Klingeltöne und Fernsehbilder

Ein paar Tage später: Andy sitzt gerade in seiner Musik-Garage mit Fenster und übt für den Auftritt in einer heutigen Live-Fernsehsendung des WDR, als das Telefon klingelt. Er hebt ab.

»Hallo, Andy hier …«

»Hier ist Anja. Erinnerst du dich? Die aus dem Weinkeller …«

»Hallo Anja, das ist aber nett, dass du dich meldest. Geht es dir gut?«

»Ja, danke. Eure Musik hat mir wirklich sehr gefallen. Selbst unser Chef hat sich wieder abgeregt. Ich glaube, es tut ihm leid, wie er euch behandelt hat, aber er kann es nicht so sagen. Du bist, glaube ich, der Erste, der ihm mal ganz sachlich die Meinung gegeigt hat. Das hat gewirkt! Irgendjemand von eurem Management hat ihn übrigens angerufen und die Sache mit dem Auftritt geklärt. Das ist bei dem gar nicht so einfach. Euer Manager hat wohl den richtigen Ton getroffen – na ja, sollte man bei Musikleuten auch erwarten, oder?«

»Ja, das ist unser Kalle gewesen, der steckt alle in den Sack. Seine Musiker übrigens auch. Und du? Übst du denn auch schön?«

»Nicht wirklich. Wenn du spielst, dann sieht das alles so geschmeidig aus und so mühelos. Aber so ein kleines Stück, ja das würde ich gerne spielen können. Ich habe Klavier gelernt, bin aber nicht über Klassik hinausgekommen, was anderes konnte mein Lehrer nicht. Weißt du, so einer, der einem mit einem Rohrstock auf die Finger schlagen würde, wenn man falsche Töne spielt. Machst du das auch so?«

»Meine Methoden sind eher subversiv«, scherzt Andy. »Die Schüler lernen tatsächlich etwas und merken es selbst erst später. Die sind ganz erstaunt, wenn sie tatsächlich über sich hinauswachsen und die ersten Blue Notes spielen.«

»Du bist bestimmt ein toller Lehrer!«

Andy betreibt gerne Understatement: »Ach, vielleicht ein bisschen, aber ob ich das pädagogisch hinbekomme, ich weiß es nicht?!«

»Du, ich würde mich wirklich freuen, wenn wir es probieren könnten. Würdest du mir denn ein bisschen was zeigen? Ich sage aber gleich, dass ich nicht so viel Geld habe, als Bedienung bekomme ich nicht so viel.«

»Weißt du, Anja, vielleicht treffen wir uns einfach und schauen dann ganz unverbindlich, was geht. Wäre das okay für dich? Seit Kurzem habe ich sogar ein eigenes Instrument in meiner Wohn-Garage. So nenne ich sie, weil sie schön separat steht, und ich Krach machen darf.«

»Nun, als Musikstudent muss man doch ein Instrument im Haus haben …! Das ist wirklich fair von dir, wenn wir testen können, ob ich überhaupt talentiert bin. Morgens bin ich meist an der Uni, abends beim Kellnern. Also ein Treff am Nachmittag wäre schön.«

»Du bist an der Uni? An welcher denn?« »Münster.« »Und

was studierst du?« »Ach, so ein Laber-Lernfach namens Jura, ganz interessant. Und du?«

»Ganz schön trocken, Jura, so hört man jedenfalls. Da muss ich an meinen Großvater denken, der Richter war, aber eigentlich Chemiker werden wollte. Seine Eltern hatten das aber unterbunden, nachdem er bei geheimen Experimenten mit Chemikalien fast sein Elternhaus in Bremen die Luft gejagt hätte. Übrigens ursprünglich das Wohnhaus des Dompredigers, in der sogenannten »Vorstadt« gelegen. Der zweite Sprengversuch war dann erfolgreicher, so scherzte man später mit schwarzem Humor – denn eine Fliegerbombe hatte dem Haus den Garaus gemacht. Ich selbst bin an einer Musikhochschule und gerade in den letzten Vorbereitungen für meinen Abschluss. Die ist aber nicht in Münster. Aber ich bin natürlich häufiger dort.«

»Am Anfang ist Jura reines Lernen. Ich lasse das mal auf mich zukommen. Vielleicht wird es mal was, mit Familienrecht, das würde mich interessieren. Was macht man später mit einem Abschluss in Musik?«

»Also, mein Schwerpunkt ist ganz klar Jazz, Pop und Weltmusik, obwohl viele Professoren das nicht gutheißen. Natürlich gehört auch das Übliche, wie zum Beispiel Musikpädagogik fürs spätere Unterrichten, Komposition etc. dazu. Ist schon sehr umfangreich. Ich will natürlich weiter als aktiver Musiker arbeiten, aber auch unterrichten und etwas mehr komponieren, wenn ich demnächst mein Diplom in der Tasche habe.«

»Oh, bist du schon so weit? Ich habe mehr oder weniger gerade mal angefangen.«

»Die Auftritte, die Atmosphäre auf der Bühne, der Kontakt zum Publikum, meine Musikkumpels von der Band –

das alles liegt mir total. Am liebsten würde ich damit mein späteres Leben finanzieren und gar nicht erst das Lehramt anstreben.

Ich kann nachvollziehen, dass unsere Professoren es nicht so gerne sehen, wenn wir auftreten. Ginge es nach ihnen, dürften wir vor dem Uni-Abschluss gar nicht öffentlich spielen. Wir sollten uns vielmehr intensiv unseren Studien widmen. Ich vermute, die haben eher Angst um den guten Ruf der Uni, wenn wir eine schlechte Zeitungskritik bekämen. Ich würde sie gerne mal fragen, ob sie nicht auch mal jung gewesen sind!

Unsere Lehrer wissen ganz genau, wer von uns schon öffentliche Auftritte absolviert und welcher Stil geboten wird. Erst neulich hat ein Prof. vor allen Kommilitonen eine Bemerkung gemacht, die eindeutig auf mich gemünzt war:

»Bei einigen von Ihnen mache ich mir ernsthafte Sorgen was den sorgfältigen, akzentuierten Anschlag am Konzertflügel angeht. Wer unbedingt meint, sich in Sachen Rock 'n' Roll seinen Stil in der Klassik versauen zu müssen, der tue das aus eigener Verantwortung für die weitere Entwicklung seiner Fähigkeiten. Ich rate davon dringend ab!«

Das hat gesessen! Gekicher im Auditorium. Ich bekam ganz rote Bäckchen, zur großen Freude meines besten Kumpels, der kaum noch an sich halten konnte.«

»Das ist aber gemein, Andy!«

»Na ja, so ganz unrecht haben die Profs und Dozenten ja nicht. Eine gute Ausbildung für einen festen Nebenjob wird für die meisten von uns unverzichtbar sein; als Musiklehrer zum Beispiel. Trotz allem: Musiker zu sein ist der beste Job der Welt, daran habe ich keine Zweifel!

Sorry für den langen Monolog, aber das musste gerade mal raus. Apropos Musik, was hältst du davon, wenn wir uns in dieser Woche an deiner Uni treffen, zum Kaffee oder in der Mensa? Dann könnten wir ja gleich einen Unterrichtstermin ausgucken!«

»Ja, das wäre toll. Nächste Woche Dienstag habe ich bis zwölf Uhr Vorlesung. Wir könnten uns ja anschließend im Foyer treffen, beim Schwarzen Brett.«

»Das ist eine richtig prima Idee. Ich werde da sein. Freu mich schon darauf, dich zu sehen. Ach, übrigens: Ich übe gerade für einen Live-Auftritt beim WDR heute Abend. Da spiele ich mit meinem Pianopartner vierhändig. Wenn du Lust hast, schau mal rein. Start ist um zwanzig Uhr fünfzehn.«

»Was, echt? Klar schaue ich mir das an! Toi, toi, toi! Ich freue mich auch, bis Dienstag dann! Tschüssi.«

Andy legt zufrieden den Hörer auf. Was für ein nettes Mädchen, denkt er, und stellt sie sich in Gedanken als seine Freundin vor. Sie mag seine Musik und beide haben den gleichen Humor sowie eine ähnliche Lebenseinstellung. Das ist ein gutes Fundament und es ist gut, dass sich die Beziehung zwischen ihnen ganz langsam entwickelt. Er will geduldig warten, ob sie ihn vielleicht eines Tages anstupst. Andy kommt die bekannte Zeile aus der Ballade »Die Fischer« von Goethe in den Sinn: »Halb zog sie ihn, halb sank er hin«. So stark bräuchte Anja gar nicht an ihm ziehen, er würde auch so dahinsinken, glaubt er. »Dann wär's um ihn geschehen«. Gut, dass sie das nicht weiß, oder etwa doch?

Andy bewundert Goethe wegen seiner Leidenschaft für Literatur und Musik. Der Geheimrat war sogar der Auffassung, dass manche seiner Gedichte erst dann voll zur Geltung kämen, wenn sie gesungen vorgetragen würden.

Andy übt noch ein wenig, holt seinen Pianopartner ab und beide fahren zu der Stadthalle ins Bergische, in der die Live-Diskussionssendung mit Publikum stattfinden soll. Das Piano-Duo soll in der Sendung für musikalische Abwechslung sorgen. Für Andy ist es der erste Auftritt im Fernsehen überhaupt, dementsprechend ist er etwas aufgeregt.

Vor der Stadthalle stehen schon alle möglichen Fahrzeuge und Trucks sowie ein Regie- und Übertragungswagen des WDR, aus dem armdicke Kabel in die Halle führen. Die beiden Pianisten werden von der jungen Assistentin des Aufnahmeleiters im Foyer der Stadthalle freundlich empfangen. Sie ist an der sogenannten »Micky Maus«, einer Kombination aus Kopfhörern und Mikrofon über ihren Ohren, sofort zu erkennen. Sie sieht damit der Zeichenfigur von Disney wirklich ähnlich. Tatsächlich steht sie damit in ständiger Verbindung mit der Aufnahmeleitung.

»Hallo, ich bin die Randi. Ihr seid ja pünktlich auf die Minute. Kommt einfach mit. Ich zeige euch erst mal den Platz, wo ihr heute spielt.«

Die Umgebung ist Andy im Prinzip vertraut, weil er ein paar Mal als sog. »Kabelhelfer« – dem annähernd unsichtbaren Strippenzieher des Kameramanns – beim Fernsehen gejobbt hat. Es ist ihm noch gut erinnerlich, mit welcher Ruhe und Gelassenheit die Fernsehleute gearbeitet haben. In dieser Zeit ist ihm auch der Kameramann »Günni« begegnet, der in Sendungen mit Jürgen von der Lippe einen gewissen Kultstatus erlangt hat. Was für ein netter Zufall, dass er heute Abend an der Kamera steht.

Randi führt die beiden Musiker zu einer großen Bühne,

auf der sich zwei Flügel gegenüberstehen. Genauso soll es sein, damit sich die beiden Pianisten auch sehen können.

»Ihr wollt die Instrumente sicher sofort ausprobieren, und wir können euch dabei auch gleich ausleuchten und den Ton einstellen.«

Gesagt, getan. Die Musiker verständigen sich kurz, wer an welchem Flügel sitzen wird, und fangen an zu spielen. Helfer stellen die Scheinwerfer ein, und ein Tontechniker kümmert sich um die Ausrichtung der Mikrofone. Die Kameras nehmen die beiden ins Visier. Nachdem die Einstellungen abgeschlossen sind und sich die Musiker auf den Instrumenten eingespielt haben, kommt die nette Randi wieder zu ihnen.

»So, ihr Lieben. Wir haben euch gut in Bild und Ton. Sind die Instrumente so okay für euch?«

»Ja, alles klar, Randi. Alles perfekt. Schöne Instrumente …«, antwortet Andys Partner.

»Das freut uns. Ihr seht da hinten eine große digitale Uhr mit roten Ziffern. Andy, du bist derjenige, der sie am besten sehen kann. Wenn ihr anfangt zu spielen, dann wird zunächst die Gesamtzeit angezeigt, also zum Beispiel drei Minuten, und dann beginnt die Uhr rückwärts bis auf »Null : Null« zu laufen. Also solltet ihr bei dreißig Sekunden anfangen, zum Schluss zu kommen! Ich achte mit darauf, dass alles klappt! Alles klar?«

»Geht klar!«, bestätigen die Pianisten.

Randi fährt fort: »Ihr werdet es nicht merken, aber ich habe euch immer im Blick und gebe euch Handzeichen, wenn ihr dran seid. Ihr bleibt bitte den ganzen Abend an euren Instrumenten sitzen, okay?! Wenn wir Zeit haben, kommt noch der Moderator zu euch, für ein kleines Gespräch!«

»Okay, Randi!« »Super. Dann folgt mir bitte jetzt in die Maske, damit ihr im Fernsehen noch schöner ausseht als ohnehin schon«, sagt Randi lachend und geht voran.

Sie führt die Musiker hinter die Bühne, wo sich die Maske, der kleine Schminkraum, befindet. Die Maskenbildnerin wartet schon auf sie.

Randi sagt: »Hallo Meike. Ich bringe dir unsere beiden Stars für heute Abend.«

»Hallo, ihr beiden. Wart ihr schon einmal bei mir oder soll ich sagen, was ich mit euch anstellen werde?«

»Nö, noch nie«, antwortet Andy.

»Also, wie ihr ja gesehen habt, arbeiten wir mit viel Licht. Und die Kameras würden von euch ein unnatürliches, weil sehr grobes Bild senden, wenn wir euch nicht schminken würden. Ich mache euch also nur fernsehgerecht. Das ist eigentlich schon alles. Dann fange ich mit dir am besten an, Andy. Setz dich einfach in diesen bequemen Stuhl und los geht's.«

Andy bekommt einen großen Umhang um und liefert sich dem aus, was da kommen möge. Es ist ungewohnt für ihn, dass sich jemand mit Quaste, Schminke und Puder an seinem Gesicht zu schaffen macht. Als alles fertig ist, schaut er in den Spiegel und erkennt sich kaum wieder. Sein Gesicht ist viel weicher geworden, und noch nicht einmal mehr ein Ansatz von Bartstoppeln ist zu sehen. Alles sehr ungewohnt.

»Er sieht fast so glatt aus wie jemand aus dem BRAVO-Starschnitt«, amüsiert sich sein Pianopartner.

»Pass mal auf, du kommst auch noch dran«, droht Andy scherzhaft.

»So, Andy«, sagt Meike, »das war das Gesicht, und jetzt sind noch die Hände dran. Die kommen bei euch ja auch ins Bild und müssen noch schöner gemacht werden.«

Das Schminken der Hände geht schnell. Dieselbe Prozedur muss nun noch der Pianokollege über sich ergehen lassen.

»So, ihr beiden, damit seid ihr perfekt für die Show. Viel Spaß heute Abend!«, sagt Meike.

Da kommt der bekannte Fernsehmoderator in die Maske.

»Guten Tag. Sie sind die beiden Pianisten! Ich begrüße Sie ganz herzlich in meiner Sendung und freue mich auf Ihren Auftritt heute. Das sieht ja schon gewaltig aus, diese zwei Flügel, muss ich schon sagen. Also, ich muss jetzt auch noch in die Maske – wir sehen uns später!«

Wie bestellt kommt Randi in den Schminkraum und führt die Musiker aus dem Saal.

»So, ihr beiden. Ihr könnt noch etwas relaxen. Da hinten in dem Raum gibt's Essen und kleine Erfrischungen. Die Sendung startet Punkt zwanzig Uhr fünfzehn. Seid bitte spätestens um zwanzig Uhr an den Instrumenten. Kommt her – ich wünsche euch jetzt mein ›Toi‹ für heute Abend! Wichtig: Danach nicht bei mir dafür bedanken, sonst funktioniert es nicht!«

Randi fasst die beiden nacheinander mit beiden Händen an den Schultern, umarmt sie, spuckt ihnen symbolisch dreimal über die linke Schulter und spricht den Zauber: »Toi, toi, toi!!!« Andy fragt sich, ob Toi-Kult und Voodoo Ähnlichkeiten aufweisen. Beide beschwören Mächte, die nicht sichtbar sind. Da kann man ein wenig ahnen, dass die Wiege der Menschheit in Afrika liegt.

Punkt zwanzig Uhr sitzen die Pianisten an ihren Instrumenten. Das Publikum ist schon längst da. Die Teilnehmer der Diskussionsrunde haben an einem langen Tisch Platz genommen. Überall stehen fahrbare Monitore, die noch die Tagesschau und später die Bilder aus der Stadthalle zeigen. Im Anschluss folgt die Titelmelodie der Sendung, und Randi gibt das Zeichen an den Moderator, der die Sendung mit der Begrüßung startet.

Nach einer halben Stunde kommt Randi an die Flügel und zeigt mit ihren Fingern: noch zwei Minuten. Die Anspannung bei den beiden Musikern steigt, sie sind hochkonzentriert. Das Scheinwerferlicht geht an. Der Moderator macht die Ansage, die die Musiker aber kaum hören können; dann endlich gibt Randi das Startzeichen für die Musiker.

Die Uhr läuft von drei Minuten aus rückwärts, das Stück startet mit dem Intro und der Boogie geht ab über den Sender. »Günni« und seine Kollegen fangen die Bilder ein. Die Kameras bewegen sich an der Bühne entlang. Nach den ersten zwölf Takten merkt Andy, wie gut es läuft, er wird pianistisch mutiger und spielt wie gewohnt. Beide Pianisten versuchen, einfach die Umgebung zu vergessen und sich nur noch in der Musik zu bewegen. Die Soli mit der rechten Hand wechseln sich zwischen den Pianisten ab. Sie verständigen sich wie auf der normalen Bühne mit Blicken und lachen entspannt in die Kamera. Es läuft gut. Andy hat die Uhr im Visier, die gnadenlos rückwärtsläuft. Bei Plus dreißig Sekunden gibt Andy seinem Partner Zeichen, und beide leiten den furiosen Schluss des Titels ein.

Das Publikum spendet viel Applaus, der Moderator findet freundliche Worte für die Aufführung und kommt mit einem Mikrofon zu ihnen. Beide sind etwas aufgeregt, denn jetzt kommt wohl das angekündigte Interview.

Der Moderator stellt seine erste Frage:

»Ich muss erst einmal nachfragen: Sie spielen mit geradezu artistischer Fingerfertigkeit Boogie-Woogie und Blues. Also Musik aus einer vergangenen Zeit. Damit sind sie in ihren jungen Jahren schon längst in die Bundesliga der tollen Pianisten aufgestiegen!«

»Bundesliga der tollen Pianisten, schön gesagt. Tja, das ist erst einmal ein Kompliment für uns. Ja, tatsächlich ging mit Blues und dem Boogie-Woogie alles los. Das sind die Grundlagen jeder modernen, tanzbaren Musik, vom Rock 'n' Roll über die Rock- bis zur Popmusik. Diesen Anfängen widmen wir uns musikalisch«, antwortet Andys Partner.

»Sie haben sich ja schon in jungen Jahren dazu entschieden, diesen Stil zu verfolgen. Das ist doch aber auch ein Risiko?«

»Als Musiker gehen wir immer Risiken ein. Aber es gibt heute eine große Fangemeinde für diese Art von Klaviermusik, wofür wir sehr dankbar sind«, sagt Andy.

»Was würden Sie sagen, was für Sie das Faszinierende an diesem Stil ist?«

»Dass man diese Musik so schön gemeinsam spielen kann«, antwortet Andy kurz und knackig.

»Dann wünschen wir Ihnen weiterhin viel Erfolg. Wie geht es aktuell bei Ihnen weiter?«

»Mit einem Live-Album in einem wunderbaren Jazz-Club, das hoffentlich bald aufgenommen werden soll«, verraten beide. »Die Finanzierung steht allerdings noch aus.«

Mit »Vielen Dank!« beendet der Moderator das kurze Interview.

Die Pianisten fallen auf ihren Klavierhockern wieder in ihren Bereitschaftsmodus bis zum nächsten und übernächsten Einsatz. Beim letzten Titel geben sie noch einmal richtig Gas und spielen volles Risiko. Alles klappt so, wie es soll. Die Sendung wird nach neunzig Minuten abmoderiert.

Randi kommt noch einmal zu den beiden und sagt: »Schön habt ihr gespielt. Mir hat das richtig gut gefallen. Ich begleite euch dann eben noch in die Maske zum Abschminken.«

»Es wird dich vielleicht überraschen«, antwortet Andy, »aber wir bleiben so geschminkt, weil wir ein paar Freunde in der Kneipe überraschen wollen. Mal sehen, wie die reagieren!«

»Aha, das ist ja lustig. Das hatte ich auch noch nie. Dann macht's mal gut. Die Welt ist klein, wir sehen uns bestimmt mal wieder!«

»Danke Randi, auch für die nette Betreuung!« »War mir eine Freude!«

Nach dem Ende der Veranstaltung fahren die beiden Musiker wie verabredet zu einer Kneipe in Wuppertal, in der ein paar Freundinnen und Freunde sie schon erwarten. Die letzten Meter müssen sie zu Fuß zurücklegen, durch die Fußgängerzone, in der noch was los ist. Als sie einer Gruppe von Heranwachsenden begegnen, kriegen sie wegen ihrer geschminkten Gesichter tatsächlich anzügliche Kommentare zu hören:

»Na, ihr beiden Süßen, Mami hat euch aber fein gemacht …« usw.

Mit so viel Aufmerksamkeit hatten sie gar nicht gerechnet. Sie erreichen die Kneipe und setzen sich an den Tisch zu ihren Leutchen.

»Wie seht ihr denn aus? Kommt ihr direkt vom Strich, oder was?«, sagt einer, und die anderen lachen sich förmlich kringelig.

»Aber im Fernsehen sah das gar nicht so extrem aus!«

»Das sollte ja auch so sein. Ohne die Schminke hätten wir bei der Aufnahme wie eine Bildstörung ausgesehen. Außerhalb des Fernsehens sehen wir halt wirklich bescheiden aus«, meint Andy lachend, streckt seine rechte Hand aus und fordert einen Freund auf, ihm seine zu geben. Es folgt ein kräftiger Männerhändedruck. Der so Gedrückte schaut auf seine Hand und reagiert sofort: »Iiihhh... Pfui Deubel, was ist denn das für ein klebriges Zeug an deiner Hand und jetzt an meiner. Das ist ja eklig!«

»Nun, unsere Hände waren im Fernsehen in Großaufnahme zu sehen und mussten auch geschminkt werden.«

»Kommt. Ich befreie unsere beiden Fernsehstars jetzt mal von dem Zeug. Abschminken kann ich auch«, bietet sich eine Freundin an. Sie greift in ihre Handtasche und holt jede Menge Taschentücher heraus.

»Jetzt weiß ich endlich, was so alles in euren Handtaschen steckt«, kommentiert Andy.

Aber das Mädchen macht ernst. Mit gekonnten Griffen ist in wenigen Minuten die Schminke fast perfekt abgetragen, und sie sagt: »So gefallt ihr mir schon besser, ihr Superstars.«

Eine Freundin giggelt: »Ich sehe schon morgen die Schlagzeile über euren Fernsehauftritt«, und fährt fort, »Boogie-Duo schafft es, für eine Fernsehsendung ganz allein die Stadthalle vollzumachen.«

Andy muss laut auflachen: »Das wäre aber wirklich eine schöne Stilblüte! Klasse!«

Hintergrundmusik

Für den Sonntag hat Manager Kalle etwas ganz Außergewöhnliches vorgesehen: Bei Köln wird ein neues Tonstudio eingeweiht und die fünfköpfige Band »The Boogie Stompers« soll bei der Eröffnungsparty für den musikalischen Background sorgen. Es kämen auch prominente Gäste aus der Branche.

Rob hat sich heute bereit erklärt, alle Musiker nebst Instrumenten und Technik mit seinem klapprigen Kastenwagen, Marke Ford Transit, einzusammeln und zum Studio zu bringen. Dann können zumindest seine Kollegen auch etwas mitfeiern. Der Service wird natürlich gerne angenommen. Rob ist ein herzensguter Mensch, nur in Sachen Regeln im Straßenverkehr ist er ein Chaot.

Robs Künste als Autofahrer sind mit anarchisch noch sehr unzureichend beschrieben. In der Anonymität der Straßen lebt er sich aus, aber ohne anderen zu schaden. Allerdings ist Rob auch clever, denn er ist noch nie bei einem Vergehen geschnappt worden. Die Polizei schätzt er gar nicht – ein verfestigtes Trauma aus seiner frühen Jugend, als er aktiv gegen den »Bullenstaat« demonstrierte. Dabei wurde er mehr als einmal hart und direkt von einem Wasserwerfer getroffen. Besonders unangenehm wurde es, wenn dem Wasser Reizgas beigemischt war.

In die Fahrerkabine passen maximal drei Personen. Das heißt, zwei Musiker müssen in dem fensterlosen Stauraum gemeinsam mit den Instrumenten und der Technik mitfahren. Die Verteilung der Sitzplätze ist einfach. Die zwei, die zuerst eingeladen werden, dürfen bei Rob vorne sitzen. Die beiden anderen müssen sich mit der Ladung irgendwie arrangieren.

Rob fährt zunächst zu Mick, lädt ihn und sein Equipment in das Fahrzeug und holt anschließend Mr. Foley ab. Beide haben also das große Glück, vorne mitzufahren. Rob erklärt ihnen:

»Ihr kommt zuerst und mahlt zuerst. Dann laden wir die restlichen beiden hinten ein. Zwei Leute im Laderaum mitzunehmen, ist allerdings strengstens verboten, wenn das jeder machen würde, tssss …«

Später werfen Mud und Andy ihr Zeug in den Transit und setzen sich im Laderaum auf Verstärker, Boxen oder ähnlich bequeme Sitzmöbel für Musiker.

Die Band ist schon etwas spät in der Zeit, aber auf den Straßen ist an einem Sonntagmorgen so gut wie nichts los. Also lässt Rob sich nicht aufhalten. Rote Ampeln umfährt er geschickt, indem er sie über den Bürgersteig umkurvt. So trickst er die Rotlichtblitzer aus. Geschwindigkeitsbegrenzungen ignoriert Rob sowieso. Radarstrahlen kann er wahrnehmen, behauptet er.

Das Fahrzeug wäre ohne Weiteres für den Transport von Wertsachen geeignet. Nachdem Rob während seines Auftritts ein Verstärker aus dem Auto geklaut worden ist, hat er an die Heckklappe Scharniere aus schwerem Metall angeschweißt, die mit Vorhängeschlössern gesichert werden. Seitdem ist kein Einbruch mehr vorgekommen.

Pünktlich erreichen sie das Tonstudio, das abseits im Grünen liegt. Von außen ist es unscheinbar. Es ist ein Einfamilienhaus mit angeschlossenem Flachbau, weiß gestrichen glänzt es in der Sonne. Nichts weist auf die teure Aufnahmetechnik hin, die im Flachbau aufgebaut ist.

Seit jetzt einem Jahrzehnt arbeitet der Inhaber erfolgreich als Produzent, Künstlermanager und Verleger in der hart umkämpften Musikbranche. Der smarte, kontaktfreudige »Chef« des Anwesens, elegant gekleidet, um die vierzig, begrüßt die Musiker ausgesprochen herzlich:

»Schön, dass ihr da seid. Und pünktlich wie ein Konzertmeister, professionelle Einstellung. Ich habe über Kalle schon viel von euch gehört. Boogie, Blues, Rock 'n' Roll gehen immer.«

»Wir sind an diesem wichtigen Tag sehr gerne gekommen und freuen uns darauf, vor so einflussreichen Leuten aus der Branche spielen zu dürfen«, schwurbelt Rob sich einen zurecht.

»Dann wünsche ich uns allen einen entspannten und erfolgreichen Tag. Nutzt eure Chancen! Kommt mit, ich zeige euch alles, auch das neue Studio.« Die Musiker bekommen eine exklusive Führung durch das modernste Studio auf deutschem Boden, so jedenfalls stellt der »Chef« es dar.

Pünktlich zum Start des Events haben sie den Aufbau beendet. Es kann losgehen. Kalle, der mit allen Wassern der Welt gewaschene Manager der Band, erscheint mit seiner Frau, piekfein gemacht, und steuert als Erstes auf seine Jungs zu: »Was für ein schöner Tag, oder? Erzählt doch mal, wie war's denn beim Festival in Hannover vorletzte Woche? Hattet ihr einen guten Auftritt?«

»Ja«, bestätigt Rob, »es hat wie immer viel Spaß gemacht. Riesenstimmung, tolles Publikum. Was will man mehr!«

»Ich habe mal daran gedacht, äh … oh, entschuldigt … Hi Flocki …«, ruft Kalle, geht schnell zu ihm hin, hakt ihn unter wie einen Verhafteten, führt ihn außer Hörweite und kapert ihn so für vertrauliche Verhandlungen über ihre nächsten Deals, »… wir haben uns ja ewig nicht …«, sind die letzten Worte, die die Musiker von Kalle bis auf Weiteres mitbekommen. Flocki ist wichtig, er hat noch viel mehr Kontakte als Kalle. Und beide leben gut davon.

»Lassen wir die mal machen, da geht's um unsere nächsten Jobs!«, sagt Rob zu Andy.

»Genau, und wir machen, was WIR können: Musik und einen guten Eindruck!«, antwortet Andy.

Mr. Foley zieht als gebürtiger Ire besondere Aufmerksamkeit auf sich. Er verteilt jede Menge Visitenkarten und baut seinen Kontaktpool – ganz im Sinne der Band – weiter aus. Er profitiert selbst auch davon und wird noch häufiger als Studiomusiker arbeiten.

Die Bandmitglieder treffen bald auf einen weiteren Produzenten: »Ihr habt wirklich Potenzial! Rock und Boogie sind nach wie vor angesagt und ihr werdet schon eure Gigs haben. Wenn ihr das wirklich größer aufziehen wollt, dann braucht ihr aber ein Konzept. Sprich: eigene Titel, freche Texte, vielleicht auf Deutsch? Mit Themen eurer Generation.«

»Wir haben so was mal angefangen, sind aber bislang noch nicht weit gekommen. Ihr kennt doch alle diesen »Reim dich oder ich fress dich«-Dilettantismus. Wir produzieren offen gestanden bislang ausschließlich lauter Reime, die sich fressen. Das kann man keinem vorsetzen«, erläutert Mick die Lage.

»Da hilft nur die Unterstützung durch einen professionellen Texter. Ja, ich weiß, kostet alles viel Zeit, Energie und Nerven. Es ist schon herausfordernd, etwas wirklich Kreatives, Eigenes zu machen. Udo Lindenberg etwa, der ist in eine Marktlücke gestoßen. Vom Schlagzeuger zum Rocksänger mit schnoddrigen deutschen Texten, das läuft. Ich denke, wir werden bald noch mehr Nachahmer in diese Richtung sehen. Das ist ein echter Markt.

Der deutsche Schlager wird schon sehr bald nicht mehr so die große Rolle spielen. Der hat ohnehin zu viele wirklich große Talente verheizt. Wer weiß schon, dass selbst Roy Black oder auch Udo Jürgens mit Rock 'n' Roll und Jazz begonnen haben. Die haben aber schnell im Portemonnaie spüren müssen, dass es dafür in Deutschland keinen Markt gibt. Die Fans dieser Musikrichtung kaufen natürlich die Platten oder CDs der Originale. Also haben die dann ›Schlagermucke‹ gemacht. Aber die Weltmusik schlägt eines Tages zurück, da bin ich ganz sicher!«

Mr. Foley schaltet sich ein: »Das Thema finde ich spannend. Die Frage für uns ist nur, woher die Zeit nehmen, einen Sound zu kreieren und deutsche Texte zu schreiben, die nicht zu albern sind.«

»Das müsst ihr natürlich erst besprechen. Wisst ihr was? Ich gebe euch hier meine Karte, bitte schön. Wenn ihr einen Song geschrieben habt, sendet mir einfach eine Demoaufnahme davon. Ich habe ja schon mitbekommen, dass ihr einen Tag lang das Studio nutzen könnt. Dann schickt sie mir gerne, und wir schauen, was geht. Ich höre sofort, ob das Erfolg hat.«

»Vielen Dank für das Angebot. Das ist wirklich nett. Ein echter Ansporn für uns. Wenn das klappen sollte, dann werden wir alle unser Leben umstellen müssen«, macht Rob deutlich. Er weiß allerdings, dass eine Profi-Karriere für ihn nicht infrage kommt. Seinen gut bezahlten Job als Psychiater wird er nicht gegen eine unsichere Musikkarriere eintauschen.

Tatsächlich entstehen viel später Songs u. a. mit deutschen Texten, die auf einer CD erscheinen. Solides Handwerk, aber die Verkaufszahlen bleiben hinter den Erwartungen zurück. Ohne einen einflussreichen seriösen Vertriebspartner, der nicht so einfach zu finden ist, ist ein wirtschaftlicher Erfolg kaum möglich. Selbst Kalles Verbindungen reichen nicht so weit. Aber die Jungs nehmen es sportlich.

Die Musiker können mit ihrem Job noch weitere eingeladene Profimusiker, Produzenten und Manager von ihren Fähigkeiten überzeugen. Sie bekommen viel Lob. Manche Gäste fühlen sich an ihre eigenen Anfänge erinnert und tauschen sich gerne mit den Bluesern aus. Es entwickeln sich nette Gespräche, in denen die Freunde viel Insiderwissen aufnehmen und wichtige Kontakte knüpfen. Am Nachmittag geht eine Veranstaltung mit vielen neuen Anregungen für die Bandmitglieder zu Ende. Es liegt noch sehr viel Arbeit vor ihnen.

Mud zieht mit allen Kumpels ein positives Fazit: »War ein gelungener Job. Wenn uns ein erfahrener Produzent offen darauf hinweist, wir müssten selbst schreiben und unseren eigenen Stil finden, dann hat er wohl recht. Wir produzieren ja bald einen vollen Tag im Studio, Leute. Da können wir neue Sounds probieren. Unbezahlbar!«

Gage gibt es nämlich nicht. Dafür darf die Band im neuen Tonstudio einen ganzen Tag lang kostenlos Aufnahmen machen. Das ist für die Musiker viel mehr wert als ein bisschen Gage.

Nach einem spannenden Tag geht's mit dem grünen Kastenwagen wieder zurück. Als sich die Band auf der A 3 bei Oberhausen befindet, fällt Rob im Rückspiegel ein Polizeiwagen auf, der sich hinter sein edles Fahrzeug gehängt hat.

Mit dem Transit hat er schon häufiger Kontrollen über sich ergehen lassen müssen. Das Fahrzeug sieht nicht besonders gepflegt aus, und dasselbe Modell ist bei den Terroranschlägen der RAF unangenehm aufgefallen und deshalb häufig Ziel von Kontrollen. Früher einmal hat Rob noch die Polizei provoziert und ihr aus dem Auto mit einer Bierflasche zugeprostet, die er immer griffbereit im Flaschenhalter direkt neben dem Lenkrad gehabt hat. Die Kontrolle ist garantiert gewesen, die Beamten haben in der Flasche aber gar kein Bier feststellen können, sondern nur Apfelsaft. Sie haben entsprechend verärgert reagiert. Rob hat daran eine unbändige, infantile Freude gehabt.

Das Problem könnte diesmal werden, dass Mud und Andy verbotswidrig auf der Ladefläche mitfahren. Außerdem ahnt Rob, dass Mud mal wieder kifft, was bei einer Kontrolle sehr unangenehme Konsequenzen haben könnte. Rob öffnet also das kleine Schiebefenster der Abtrennung zwischen Fahrgast- und Laderaum. Er ruft laut hinein:

»Jungs, gleich kommt Kontrolle, seht zu, dass ihr euch hinter den Boxen so klein wie möglich macht und vor allem: Schmeißt vorher die Joints und das Hasch raus! Die Heckklappe kann man mit dem kleinen Hebel am Schloss einfach von innen ein wenig öffnen. Aber noch nicht jetzt! Wir müssen die erst vorbeifahren lassen, damit sie nichts merken! Ich sage Bescheid, wenn es so weit ist.«

»Haste Haschisch in den Taschen, haste immer was zu naschen. Kommt die Polizei, ist's damit vorbei!«, dichtet Andy für Mud, der hastig seinen Stoff zusammensucht. Als der Polizeiwagen zum Überholen ansetzt und sich in Höhe des Kastenwagens befindet, befiehlt Rob laut: »Jetzt!!! Go Kid Go!«

Mud kriecht auf allen vieren mit seinem Joint zwischen den Lippen und seinem durchsichtigen Plastiktütchen voller Hasch in der rechten Hand zur Heckklappe, öffnet sie einen winzigen Spalt und schmeißt widerwillig das Beweismaterial auf die Fahrbahn. Er hofft, zumindest das Tütchen mit dem Hasch später wiederfinden zu können.

Rob hat alles richtig vorhergesagt. Der Streifenwagen überholt das edle Gefährt, die Kelle fordert zum Folgen auf, und die Polizei gibt Geleitschutz bis zum nächsten Parkplatz. Die Polizisten steigen aus ihrem Fahrzeug. Sie kommen an das geöffnete Fenster der Fahrertür.

»Motor abstellen, Fahrzeug- und Personenkontrolle, aussteigen!«, ordnet der Streifenführer in militärischem Ton an.

Sein Kollege sichert in diesen RAF-Terrorzeiten den Streifenführer mit der MP im Anschlag. Rob stellt den Motor aus, steigt ohne eine falsche Bewegung langsam und vorsichtig aus dem Wagen. Er weiß, dass er auf falsche Bewegungen verzichten sollte. Er kennt das.

»Kommen Sie mit!«, fordert der Polizist Rob auf.

Rob hat ein ruhiges Gewissen. Das Fahrzeug ist zwar alt, aber technisch in gutem Zustand. Unrasierte, langhaarige, junge Männer sind der Polizei immer verdächtig. Die Beamten führen Rob zum Heck des Transits.

»Heckklappe öffnen!«, befiehlt der Polizist in scharfem Ton.

»Jawoll!«, bestätigt Rob zackig … und tut, wie ihm befohlen. Er hat zunehmend Spaß an der Kontrolle. Respekt, denkt er, die prüfen instinktiv als Erstes den wundesten Punkt.

Die Klappe geht auf, und der Uniformierte steckt seinen Kopf in den halbdunklen Laderaum und leuchtet mit einer Taschenlampe hinein. Mud und Andy haben sich hinter den großen Boxen so klein wie möglich gemacht und sind nicht zu sehen.

»Gehört das ganze Zeug dir?«, fragt der Streifenführer.

»Jawoll, Herr Kommissar, es gehört alles uns. Auftritt gewesen, Band auf der Heimfahrt!«, meldet der grinsende Rob ironisch, zackig.

Die Gefahr einer intensiven Durchsuchung steigt, weil sie als Musiker erkannt worden sind. Das ist Rob klar, zumal die Niederlande mit ihrem Angebot an allen Drogen dieser Welt nicht weit entfernt sind. Das wird hier also länger dauern, ist sich Rob sicher.

»Aha, und vorher wohl Obst transportiert, wie? Das riecht hier nämlich so süßlich. Hast du dafür auch eine Erklärung?«, meint der Polizist in strengem Ton.

»Offen gestanden, nein, Herr Wachtmeister«, erklärt Rob souverän. Der süßliche Haschgeruch ist wirklich mehr als deutlich wahrnehmbar.

»Na, dann gucken wir doch mal nach, ob wir eine finden!«

Der erfahrene Streifenführer kommandiert jetzt auch die beiden übrigen Musiker aus dem Fahrerraum nach draußen. Er mutmaßt, dass mindestens zwei der Truppe Stoff dabeihaben. Alle drei müssen sich nebeneinander an der rechten Fahrzeugseite aufstellen. Sein Kollege steht jetzt seitlich, unverändert die MP zur Eigensicherung im Anschlag.

»So! Ihr kennt das ja bestimmt schon. Alle mal umdrehen, Gesicht zum Fahrzeug! Beine auseinander, nach vorne lehnen und mit den Händen am Fahrzeug abstützen!«

Die drei Musiker folgen den Anweisungen eher unwillig, haben aber keine Wahl. Einer nach dem anderen wird durchsucht, abgetastet. Alle Taschen werden geleert. Aber die Polizei findet nichts Verdächtiges.

Dann plötzlich entdeckt der Kommissar einen winzigen schwarzbraunen Krümel, der an Micks Schlüsseletui klebt. Mick kriegt selber einen Schreck, da er nicht hascht und keine Ahnung hat, wie der angebliche Haschkrümel dahin gekommen sein soll. Der Polizist hält Mick das Beweismaterial unter die Nase und sagt triumphierend:

»Na, was haben wir denn da? Wenn da nicht noch mehr ist, fresse ich einen Besen quer. Ich nehme euch jetzt die Kiste Stück für Stück auseinander! Rückt das Zeugs besser gleich freiwillig raus.«

Mick bringt nur verunsichert zu seiner Verteidigung vor: »Das muss was anderes sein, Herr Polizist. Ich rauche nicht.«

Bevor aber weitere Maßnahmen folgen können, quakt das Funkgerät laut aus dem offenen Fenster des Streifenwagens herüber:

»Zentrale für Wagen Zwölf ... Zentrale für Wagen Zwölf ...!«

Der Kommissar eilt zum Funkwagen und erhält neue Anweisungen. Er und sein Schütze müssen sofort abrücken. Die Beamten werden von der Funkzentrale zu einem dringenden Notfall beordert.

Der Streifenführer ruft den Musikern beim Abrücken noch zu: »Diesmal habt ihr Schwein gehabt, Jungs, aber ich habe euch auf dem Kieker! Weitermachen! Ach übrigens, über das komische Scharnier an der Heckklappe sprechen wir noch!« Der Wagen braust mit Tatütata davon.

Rob meint nur: »Das war knapp, die hätten allenfalls noch Mud und Andy finden können. Aber sie hätten garantiert alles auseinandergenommen, um was zu finden. Jetzt aber nix wie weg! Denen traue ich zu, uns einen anderen Streifenwagen auf den Hals zu hetzen. Jetzt wird's spaßig! Geil!«

»Da ist kein Hasch an meinem Etui gewesen. Der spinnt. Über das, was es vielleicht war, will ich lieber nicht spekulieren. Aber wir werden es nie wissen, er hat es beim Abrücken fallen lassen. Ich glaube, der hat diesen Krümel selbst da dran gemacht, um uns einzuschüchtern«, vermutet Mick und grinst.

Rob meidet ab sofort die Autobahn und fährt auf Schleichwegen nach Hause. Der Transit geht der Polizei durch die Lappen.

Mud macht am Abend tatsächlich seine vorsorglich entsorgte, wertvolle Plastiktüte nebst Inhalt auf dem Standstreifen neben der Autobahn ausfindig. Der Tag ist für ihn damit gerettet. Den Joint hätte er auch noch gerne wiedergefunden, aber seine intensive Fahndung verläuft ergebnislos. Kaum zu glauben, dass er später eine Laufbahn als Staatsanwalt einschlagen wird, wie man hört: ein »harter Hund«, gerade bei Rauschgiftdelikten.

Rob bringt alle Musiker nach Hause und setzt Andy als Letzten an seiner »Garage für Tasteninstrumente« ab. Ein verrückter Tag neigt sich dem Ende zu.

Gedankenübertragung

Andy fährt ein paar Tage später zur Verabredung mit Anja nach Münster und stellt sein Auto ab. Er wird bei seinem Spaziergang zu Anjas Uni etwas nostalgisch, da seine Studentenzeit bald vorbei sein wird und der Alltag droht. Aber er ist auch froh, seinen prekären Verhältnissen hoffentlich bald entfliehen zu können. Er muss es auf sich zukommen lassen.

Jetzt will er aber den Augenblick genießen und freut sich auf ein normales Gespräch mit einem netten Mädchen. Pünktlich gegen Mittag erreicht er den Platz vor der Uni, in deren Foyer er mit Anja verabredet ist. Er betritt das Gebäude, aber Anja ist noch nicht zu sehen. Er weiß auch gar nicht mehr genau, wie sie aussieht, da ihre Begegnung nun schon wieder eine Weile her ist. Könnte sein, dass es ihr genauso geht. Aber sie ist so einzigartig; wenn sie kommt, wird er sie schon erkennen!

Andy vertreibt sich die Zeit, indem er die Aushänge und Kleinanzeigen studiert, die sich im Foyer befinden. Plötzlich verschließen hinterrücks zwei zarte Hände seine Augen. Andy wehrt sich genauso wenig wie Goethes Fischer.

»Rate mal, wer hier ist«, flüstert eine weibliche Stimme freudig.

»Lass mich raten«, antwortet Andy, »Justitia persönlich, aber ohne Schwert, hoffe ich!«

»Ja, fast.«

Anja lacht und dreht Andy wie beim Drehwurmspiel solange um seine eigene Achse, bis sie ihn anhält und sie sich in die Augen sehen. Er mag diese erfrischende Art von Anja sehr, sie ist genauso, wie er sie im Weinkeller erlebt hat. Allerdings, vermutet Andy, trägt sie heute flachere Sohlen als im Weinkeller. Ihr Scheitel befindet sich heute nämlich in Höhe seiner Nase, neulich reichte er noch bis zu seiner Stirn.

Da stellt sie plötzlich fest: »Unsere Begegnung ist schon etwas her, ich hatte dich etwas größer, hm … länger in Erinnerung. Aber vielleicht bin ich ja gewachsen.«

Andy traut seinen Ohren nicht und muss lachen: »Gedankenübertragung! Ganz ehrlich, ich dachte eben, du hättest vielleicht flachere Schuhe an als das letzte Mal.«

»Du willst sagen, du hast mich größer in Erinnerung?«

»Nein, nur etwas kürzer, aber du weißt als Justitia bestimmt mehr darüber, was Zeugen taugen.«

»So gut wie nichts, aber ich bin ja erst am Anfang, und Strafrecht habe ich bislang geschickt umkurvt. Es ist mir auch egal, wie lang du bist.«

»Und mir ist es egal, wie kurz du bist«, sagt Andy mit einem schelmischen Ausdruck im Gesicht.

»Du bist ein Flegel!«, antwortet Anja amüsiert und stößt ihm mit ihrem Ellenbogen sanft in seine Seite. Sie verstehen sich auf Anhieb, denken beide, und sind damit schon mal zufrieden.

Bei Tageslicht fallen Andy ihre wunderschönen, dunkelbraun glänzenden, mittellangen Haare auf, die sie nach hinten gebunden und mit einer Spange fixiert hat. Die trägt

Anja bei Vorlesungen immer so, damit sie ihr beim Mitschreiben nicht störend vor den Augen hängen.

Als ob sie ihn gehört hätte, nimmt sie die Spange aus den Haaren und schüttelt ihren Kopf ein wenig, bis die Haare perfekt liegen. Anja denkt bei sich, der erste Junge, der bei Tageslicht noch besser aussieht als im schummrigen Licht eines Weinkellers. Normalerweise ist es umgekehrt. Der Tisch ist für beide reich gedeckt …

»Wie schön, dass es endlich geklappt hat, Anja«, bemerkt Andy in sanftem Ton.

»Ja, ich freue mich auch. Ich habe dich sogar früher wiedergesehen als du mich. Im Fernsehen. Diese Piano-Duos, die habe ich mir gemeinsam mit meinen Eltern angesehen. Das war wirklich witzig, mal jemanden zu sehen, den man kennt. Und gelungen fand ich es auch!«

»Ich war, ehrlich gesagt, ganz schön aufgeregt, aber beim Spielen ging die Anspannung weg. Ich habe noch gar nichts davon gesehen, aber wir bekommen die Aufnahmen noch als Kopie.«

»Mein Papa hat ein Videogerät und hat das aufgenommen. Das kannst du vorher anschauen, wenn du magst.«

»Echt?! Das ist ja der Wahnsinn. So ein Gerät könnte ich mir nie leisten. Toll!«

Sie ergreift mit ihrer rechten, wie ganz selbstverständlich und vertraut, seine linke Hand, zieht ihn vorwärts und schlägt freudig vor: »Komm, gehen wir in die Mensa, ich habe einen Bärenhunger.«

Anja und Andy finden gerade noch einen schönen Platz am Fenster.

»Weißt du was, Anja? Heute bediene ICH dich mal, was willst du haben?«

»Ach, das ist aber nett. Ich nehme dasselbe wie du.«

»Das ist aber ein ziemlicher Vertrauensvorschuss«, meint Andy.

»Vielleicht eine Prüfung, ob du ahnst, was ich mag!« sagt Anja und schaut keck herüber. Tatsächlich ist sie schon gespannt darauf, wie er die Aufgabe lösen wird.

Es gibt nur zwei Gerichte zur Auswahl. Andys Chancen, bei Anja alles richtig zu machen, stehen also fifty-fifty. Aber ihm kommt eine viel bessere Lösung in den Sinn, die ihr zeigen wird, dass er clever ist und ihre Wünsche stets erfüllen kann. So wie ein werbendes Vogelmännchen seine Angebetete mit einem besonders schönen Zweig erfreut.

Andy besorgt einmal »staatlich subventionierte« Nudeln Bolognese mit viel Käse sowie einmal Seelachfilet an Kohlrabi und Kartoffeln. Dazu jeweils ein kleiner Salat, zwei Cola.

Er kehrt an den Tisch zurück und präsentiert Anja seine Auswahl mit der Bemerkung: »So, bitte sehr. Suche dir aus, was dir am besten schmeckt. Ich mag beides.«

Anja denkt, der ist ja ganz schön clever, und sagt: »Ja, wenn das so ist, dann nehme ich den Fisch. Du hast die Prüfung mit Bravour bestanden. Eins mit Sternchen!«, lobt ihn Anja.

»Lass es dir schmecken, Justitia! Habe ich gerade schnell selbst gemacht.«

»Dafür sieht es wirklich gut aus. Perfekte Auswahl. Guten Hunger, Musikus, und danke für die Einladung!«

»Ist mir eine große Freude! Bist du eigentlich gut in Mathe?«, will Andy wissen.

»Ja, ich denke schon, warum fragst du?«

»Der Aufbau von Musik und folglich die Tastatur des Pianos hat sehr viel mit Mathematik zu tun. Ja, so was Tolles lernt man zum Beispiel an der Musikhochschule«, erklärt Andy.

»Das habe ich noch nie gehört. Du meinst, aus der Musiktheorie, so wie beim Quintenzirkel?«

»Du kennst dich ja schon gut aus! Klar, das geht so weit, dass für manche Pianisten die Acht eine magische Bedeutung hat. Weil eine gewöhnliche Klaviertastatur achtundachtzig Tasten hat. Oder weil der Begriff Oktave für acht Tonstufen steht. Das Wort kommt übrigens aus dem Lateinischen: ›octava‹, was so viel wie ›die Achte‹ bedeutet.«

»Interessant. Das heißt im Umkehrschluss, dass ich als gute Mathematikerin auch eine gute Pianistin sein müsste?!«

»Messerscharf geschlossen, Anja. Der Logik von Justitia gebe ich mich geschlagen. Das Wichtigste an der Acht für Boogie-Pianisten kommt aber jetzt noch: Es sind nämlich die acht Schläge in einem Takt – oder wie es bei den Musikern heißt: »Eight to the Bar«. Beim Piano entspricht das dem achtmaligen schnellen Anschlagen von Tasten pro Takt, so wie beim Stampfen einer schnell dahinrollenden Dampflokomotive.«

»Mein Vater ist ein großer Fan dieser Musik. Ich erinnere mich an einen Titel dieser berühmten ›Andrew Sisters‹. Da wird etwas über eine Bar gesungen, aber ich habe das kaum verstanden, ehrlich gesagt.«

»Das ist bestimmt der alte Hit ›Beat Me Daddy, Eight to the Bar‹. Das haben viele damals bei uns so verstanden, als handelte der Song von acht Leuten an der Bar, aber tatsächlich war der Boogie-Rhythmus gemeint. Der Pianist Daddy schlägt natürlich niemanden, sondern er haut, aber nur in die Tasten des Pianos. Das Motto des Boogie-Pianisten heißt daher: Hau rein!«

»Wieder was gelernt, Andy. Da teste ich nachher mal meinen Daddy, ob der das alles weiß.«

Anja und Andy haben sich viel zu erzählen und vergessen die Zeit. Über das Studium, ihre Jobs und natürlich Musik. Beide gehen noch einen Kaffee trinken und verquatschen den halben Nachmittag. Doch schöne Stunden enden immer viel zu früh.

»Andy, ich muss leider los. Also es würde mich freuen, wenn wir uns demnächst wiedersehen. Das mit dem Klavierunterricht würde ich schon gerne machen.«

»Gerne, Anja, würde mich auch freuen, wollen wir uns bei dir verabreden?«

»Ja, gerne. Schau, ich schreibe dir hier meine Adresse auf. Ich habe eine kleine Wohnung in dem Haus meiner Eltern in Heiden im Münsterland, einem ehemaligen Bauernhaus, mit eigenem Eingang. Du brauchst also keine Angst zu haben.«

»Gibt es dafür denn einen Grund?«, fragt Andy neugierig.

»Nein, jedenfalls nicht, was mich betrifft, Andy«, erwidert Anja schelmisch, »auf bald dann in Heiden.«

»Klasse, das wird super … Tschüssi. Ich melde mich.«

Andy braucht zwischen seinen Examensvorbereitungen in seiner »Boogie-Garage« immer mal wieder etwas Ablenkung und entscheidet sich deshalb, Anja anzurufen. Sie verabreden sich schon in den nächsten Tagen zur ersten Klavierstunde. Dieser Termin ist für beide mehr ein Vorwand denn sie können es gar nicht erwarten, sich endlich wiederzusehen. Und Andy gesteht sich ein: Ja, es ist Sehnsucht!

Die Gage gibt's aber erst morgen

Andy am Piano und Rob als Gitarrist und Sänger treten nicht nur in der Formation »The Boogie Stompers« auf, sondern in kleineren Locations auch als Duo unter dem Namen »Double Blues«. Berufsmusiker wie Andy spielen meist in mehreren Bands, um so auf mehr Gigs und höhere Einnahmen im Monat zu kommen. Gerade haben Rob und Andy eine erfolgreiche Tour mit vielen Gigs fast hinter sich gebracht.

Die letzte »Duo-Mucke« der Tour soll heute an einem Samstagabend, irgendwo bei den angeblich sturen Ostwestfalen, stattfinden. Musiker spielen gerne außerhalb der großen Städte. Das Publikum dort ist begeisterungsfähig und dankbar. Kalle hat sie vorgewarnt: Bei dem Wirt handele es sich um einen versprengten Pfälzer, der mehr oder weniger »babbeln tut« und sehr speziell sei. Was er genau damit gemeint hat, bleibt offen.

Ein Klavier ist in den Läden, die nur gelegentlich Musikveranstaltungen durchführen, nicht zu erwarten. Für diese Fälle mietet Andy von einem Musikgeschäft ein Tasteninstrument. Es handelt sich um eines der ersten Stagepianos, das »Yamaha CP-70«. Wie die Bezeichnung schon verrät, besitzt es nur siebzig statt der üblichen achtundachtzig Tasten. Das macht das »CP-70« aber nicht wirklich leichter. Es besteht vielmehr aus zwei großen, sehr schweren und sperrigen Teilen.

Andy fährt wie immer mit seinem weißen Renault 4 beim Musikalienladen vor, um das Piano einzuladen. Das alte Auto läuft mit viel Zuspruch tapfer, aber der Zahn der Zeit nagt an ihm. Andy hat schon viele Roststellen an der Karosserie wegschleifen und zuspachteln müssen. Wenn es hart auf hart kommt, dann bringt er das Auto in eine Hinterhofwerkstatt in Wesel. Die Mechaniker dort kriegen alles für billiges Geld wieder hin.

Unglaublich, aber in dieses kleine Auto passen mit etwas Geschick das Stagepiano, ein kleiner Verstärker, der Gitarrenkoffer, Bühnenanzüge etc. Und Rob passt auch noch hinein.

»Wann brauchst du das Teil zurück?«, fragt Andy seinen Kumpel Ulf, den Chef vom Musikladen mit dem einfallsreichen Namen »Musikladen«.

»Ach, ich bin auch auf Tour und du kannst es übers Wochenende behalten. Es reicht, wenn du es am Montag zurückbringst.«

»Versprochen!« »Dann viel Erfolg!«, ruft ihm Ulf hinterher. »Dir auch!«

Andy fährt weiter zu Rob, um ihn und sein Zeug einzuladen. Dann geht's ab nach Ostwestfalen. Es wird langsam dunkel, die Wegbeschreibung des Veranstalters ist grottenschlecht, sodass Andy sich zweimal durchfragen muss, um auf ungezählten Umwegen die versteckte Location zu finden, in der sie heute spielen sollen.

Rob beruhigt: »Alles im grünen Bereich. Achtzehn Uhr da sein, zwanzig Uhr Start.«

Gegen achtzehn Uhr dreißig endlich erreichen sie den Laden, steigen aus und betreten das Lokal. Hier sind sie richtig, ihre Plakate hängen überall und kündigen den Auftritt an. Der kleine Gang führt direkt zur Eintrittskasse, die aber noch nicht besetzt ist. Also gehen die »Double Blues« in den Thekenbereich. Dort sortiert ein langhaariger Mann um die fünfzig sein Wechselgeld für den Abend.

»Hallo, Chef. Sind wir bei dir richtig? Wir sind die Musiker für heute Abend.«

»Do kummt ihr jo. Ahh, Leut', horscht emol her, ufbasse, guggemol uff de Uhr! Do müsst ihr euch huddle«, babbelt der ursprünglich aus der Pfalz stammende Wirt in vorwurfsvollem Ton und fährt auf Hochdeutsch fort: »Ihr hättet doch wohl schon längst da sein sollen!«

»Ja, aber«, antwortet Rob »wir haben bis zum Start noch massenhafte eineinhalb Stunden Zeit zum Aufbau, dabei brauchen wir gerade mal zwanzig Minuten, bis alles steht.«

»Babbel nit so dummes Zeich. Was kann ich dodefor? Das ka scho sei, aber so war das nit ausgmacht. Ich will nit midder rumdischbedier. Ich dachte natürlich, ihr kommt nit. Da kam doch zum Glück ene andere Band vorbei, denen war ihr Auftritt im Nachbardorf usgefalle und die habe gefrogt, ob se bei mir spiele könnt'. Naja, und da ihr nit da wart ...«

»Das ist jetzt nicht dein Ernst, oder?! ...«, beschwert sich Andy, bemüht sachlich, »... allein die Miete für das Piano kostet uns schon einhundertfünfzig D-Mark! Davon kann ich locker zehnmal essen gehen. Und deine Wegbeschreibung, die versteht kein Mensch, nur deshalb ja die kleine Verspätung!«

»Alla hopp. Dann frogt halt die da drinne, ob se euch

spiele losse«, meint der Wirt allen Ernstes und deutet mit dem Zeigefinger auf den Eingang zum Saal, »wenn ja, is wege mir ja alles okay! Dann kriegscht auch de Gaasche.«

»Na, dann wollen wir mal sehen, aber in Ordnung ist das trotzdem nicht!«, meint Rob angesäuert.

Andy und Rob sind trotz allem noch deutlich »unter Hundertachtzig« und gehen selbstbewusst zu den Leuten im Saal, die bis auf einen Verstärker Marke Billigheimer und eine abgehalfterte Gitarre noch gar nichts auf der Bühne stehen haben. Besonders eilig haben die es offenbar nicht, ist Andy sicher, geht auf die drei Gestalten zu und nimmt kein Blatt vor den Mund:

»Hallo, Jungs. Wir spielen hier heute Abend, mit Vertrag. Was seid ihr denn wohl für Kollegen, euch einfach in unseren Gig zu drängeln? Ihr baut das jetzt ab und lasst uns unseren Job machen!«

»Jo, wieso denn? Der Wirt hat's uns gerad erlaubt. Ihr wart ja nicht da!«, meint der Angesprochene, betont obercool, so als hätte er mit der Sache nichts zu tun.

Andy kontert vorwurfsvoll und wird deutlich: »Ach so? Jetzt sind wir aber da! Sag' mal, glaubst du, wir ziehen uns die Hosen mit der Kneifzange an? Ihr fahrt hier Samstagabend durch die Gegend, um andere Musiker auszubooten und deren Jobs zu klauen! So sieht's doch wohl aus! Wie wär's denn, wenn ihr nicht nassauert, sondern euch selbst eure Gigs organisiert?!«

»Wir gehen jetzt aber nicht, der Chef soll's halt entscheiden.«

»Na gut, ihr werdet schon noch sehen, was ihr davon habt, Kollegenschweine!«, schimpft Rob laut. So kennt selbst Andy seinen besten Freund nicht.

»Verzieht euch, das ist jetzt unser Job, basta. Kommt halt pünktlich, dann passiert das auch nicht!«

»Was geht's dich an? Blöder Trottel!«, schreit Rob ihn an.

Es fällt Andy schwer, ihn zu beruhigen: »Du Rob … eine Schlägerei – und es sieht gerade ganz danach aus! – nützt uns jetzt gar nichts. Das ist nicht gut für unseren Ruf, auch wenn wir im Recht sind. Und ein Sänger mit blutiger Lippe sieht auf der Bühne auch nicht wirklich gut aus. Also komm wieder runter, gehen wir zum Wirt.«

Andy und Rob gehen frustriert zurück zum Wirt, der total die Ruhe weghat.

»Du sollst es entscheiden, sagen die sogenannten Kollegen da drin.«

»Na, dann losse mir's halt, wie's jetzt is.«

Rob weist ihn zurecht: »Wir haben keine Lust auf Stress. Wir machen das jetzt so, dass du uns die einhundertfünfzig D-Mark für den Flügel ersetzt, und du gibst uns einfach einen neuen Termin.«

»Ha nö, das mache mir nit! Ihr krischt ene neue Termin, des isch aber dann all! Des hemmer erledichd. Do gibt's kei Pänning«, antwortet der Wirt, leicht genervt.

Andy wird klar, dass sie jetzt hier und heute nicht weiterkommen, er will aber zumindest den Gig verschieben:

»Dann machen wir jetzt direkt den Termin.«

»Nö, ganz bestimmt nit, heut nit, das geht jetzt nit«, babbelt der Wirt, der sich in die Enge getrieben fühlt.

»Dann ist das keine faire Lösung, Chef. Hör mal, wir haben nicht viel Asche und einhundertfünfzig D-Mark ist eine Menge Moos für uns«, macht Andy deutlich.

»Für mich ah, Jungs, für mich ah!«

»Okay, wir kommen so nicht weiter. Dann liegt es nicht

mehr in unserer Hand. Wir müssen das Problem an unser Management geben, und das entscheidet, wie es weitergeht. Dann geht's um die ganze Gage, also dreihundertfünfundsiebzig D-Mark! Unterm Strich wird das für dich teurer«, wird Andy deutlich.

»Ach jo, die schicke do die Anwält' … und die kumme und gehe.« Der Wirt grinst breit.

»Gut, du musst es wissen, wir haben es versucht! Und … tschüss.«

»Ach, Entschuldigung«, ruft plötzlich eine freundliche Stimme hinter ihnen Richtung Wirt. »Heute Abend gibt's doch hier das Blues-Duo. Da möchten wir gerne vier Karten.«

Jetzt wäre noch Zeit für den Wirt umzukehren, aber nein: »Nö, die habbe leider abgesacht. Dafor gibt's heut Hits aus den Sechzigern.«

So viel Dreistigkeit ist Rob zu viel: »Nein, nein«, sagt er zu dem jungen Pärchen, »wir sind die Musiker für heute Abend, aus Fleisch und Blut, aber der Wirt hat für heute eine andere Band gebucht und uns leider nicht Bescheid gegeben.«

Der Wirt widerspricht dieser Darstellung nicht.

»Ach so«, sagen die beiden ganz enttäuscht, »das ist schade, wir sind große Bluesfreunde und hatten auch anderen schon Bescheid gegeben, hierher zu kommen. Hits der Sechziger? Ohne uns! Aber ihr spielt doch bestimmt noch mal in der Gegend?«

Doch auch jetzt lässt sich der engstirnige Möchte-Gern-Veranstalter nicht erweichen. Also verspricht Andy:

»Ja, ganz bestimmt spielen wir noch mal hier in der Gegend, wäre schön, wenn ihr kommt! Wünsch euch was!«

Er verlässt gemeinsam mit Rob und den jungen Leuten den Laden.

Rob und Andy entspannen sich etwas bei der Rückfahrt. Rob ist enttäuscht: Weißt du, Andy, wir reißen uns hier den Hintern auf, um den Leuten gute Musik zu bieten. Da kommen dann auch echte Fans der Musik und dann so was. Das nervt mich jetzt schon, den Abend hätten wir auch besser verbringen können.«

»Das war der erste Job unserer ganzen Tour, der suboptimal war. Also unterm Strich doch ein großer Erfolg für uns.«

»Ja genau, Andy, so optimistisch muss man das sehen, es kommt halt immer auf das Ganze an. Das stimmt, warum sollen wir uns ärgern! Die Tour mit dir hat wie immer einen riesigen Spaß gemacht.«

»Das Kompliment kann ich dir zurückgeben, Rob.«

Andy setzt Rob und dessen Ausrüstung zu Hause ab und fährt weiter zurück nach Wesel.

Er ist müde, lässt seine Gedanken schweifen. Das Auto kennt den Weg nach Wesel allein, trotz des schweren Stagepianos im Heck schnauft es wie immer tapfer vorwärts.

Andy ist in Gedanken, nachtträumend. Er hofft, dass irgendjemand auf ihn aufpasst und davor bewahrt, dass er am Steuer einnickt und sein junges Leben an einer Eiche ein jähes Ende findet. Schlagzeile bei BILD: »Pianist vom eigenen Flügel hinterrücks erschlagen!«

Er muss plötzlich an seinen Kumpel Alex denken, der aus Liebeskummer in einem Nebel aus Autoabgasen in einer Garage erstickt ist. Andy hat sich damals vorgeworfen, er hätte vielleicht die Lage falsch eingeschätzt. Bis ihm dann Rob erklärt hat, warum ihn so etwas wie Schuld nicht trifft.

Aber trotzdem verfolgt ihn das Thema bis heute. So kreisen seine Gedanken weiter durch die Nacht, bis er endlich zu Hause ankommt und sich erschöpft in der Realität wiederfindet.

Andy berichtet später seinem Manager Kalle ausführlich von dem Desaster. Der nimmt es gelassen: »Ach Leute, nehmt euch das nicht so zu Herzen. Ich regele das. Der Wirt ist allerdings speziell. Und mental in seiner ›Kommune neunzehnhundertsiebenundsechzig‹ stehengeblieben. Der glaubt wirklich daran, dass Geld nicht so wichtig ist (natürlich nur, solange es nicht sein Geld ist!). Selbst kleinen Konflikten weicht er immer über lockere Sprüche aus, das ist so seine Masche.

Ich gebe euch die hundertfünfzig D-Mark für die Piano-Miete, Andy. Die hole ich mir dann schon vom Wirt zurück. Wird nicht einfach werden, der lebt zunehmend in seiner eigenen Welt. Ich könnte mir vorstellen, dass ihr ihn mit euren klaren Worten etwas verschreckt habt. Der ist das nicht gewohnt.«

Erst viel später erfährt Andy vom Manager Kalle, dass er zunächst selbst alles versucht hat, um den uneinsichtigen Wirt umzustimmen. Er hat mit Engelszungen auf ihn eingeredet, aber alles war vergebens. Der sture Pfälzer hat einfach nicht klein beigeben wollen. Mit Unterstützung eines befreundeten Anwalts hat Kalle nicht nur die Mietkosten für das Piano erstattet bekommen, sondern für das Duo sogar noch zwei Auftrittstermine raushandeln können. Kalle ist nicht nur ein guter Diplomat, sondern auch ein gerissener Fuchs.

Aber der Wirt konnte wohl nicht anders, als es den beiden doch noch heimzuzahlen. Nach den erfolgreichen

Auftritten sind die Musiker wie immer zum Wirt gegangen, um die Moneten zu kassieren. Zweimal haben sie dieselbe Antwort bekommen, sogar auf Hochdeutsch: »**Die Gage gibt's aber erst morgen**!« Vorher, so der Pfälzer, habe er angeblich die Abrechnung nicht geschafft. Dass die Gage vertragsgemäß direkt nach dem Auftritt fällig ist, hat ihn nicht interessiert. Damit das ganze Provinztheater nicht wieder von vorne losging, ist den Künstlern nichts anderes übrig geblieben, als jeweils am nächsten Tag wiederzukommen.

Der Wirt ist sogar so dreist gewesen, die Band tatsächlich noch einmal bei Kalle buchen zu wollen. Die Konzerte scheinen sich offenbar für ihn ausgezahlt zu haben. Aber Kalle hat Verständnis dafür, dass Rob und Andy dankend abgelehnt haben. Die Selbstachtung der beiden Freunde hat es verlangt, da sind sie sich schnell einig.

Vierhändig

Andy setzt sich am frühen Nachmittag in seinen rostigen, aber treuen dreigängigen weißen Renault 4 und fährt zu Anja nach Heiden.

Die Wegbeschreibung von Anja ist perfekt. Typisch Juristin, denkt er: eine exakte Darstellung, bis auf ein kleines Detail: Das Bauernhaus hat offensichtlich mehrere Eingänge! Anjas Schilderung verrät ihm aber nicht, welchen er nehmen soll. Er klingelt auf Verdacht an der erstbesten Tür des Bauernhauses. Die Tür geht auf und eine Dame um die fünfzig, die Anja ähnlich sieht, öffnet die Tür. Es wird sich also um die Mutter handeln, glaubt Andy.

»Hallo, Entschuldigung«, äußert Andy, »bin ich hier richtig? Ich bin mit Anja verabredet. Ich heiße Andy!«

»Ahhhh ja, da weiß ich Bescheid, herzlich willkommen hier bei uns. Sie sehen genauso aus wie im Fernsehen! Wenn Sie einfach weitergehen, fast am Ende des Hauses, die blaue Tür, dahinter wohnt meine Tochter. Nicht zu verfehlen. Dann viel Spaß beim Musizieren!« Die Mutter scheint bereits bestens im Bilde zu sein.

»Vielen Dank! Nett, Sie kennengelernt zu haben. Schönen Abend!« Andy hat bei der Mutter gleich einen ersten Stein im Brett.

Als Andy vor der blauen Tür steht, braucht er nicht zu klopfen, sie geht schon wie von selbst auf. Anja steht strahlend in der Tür und begrüßt Andy herzlich. Sie sieht wie immer süß aus, hat sich mehr als bei ihrer letzten Begegnung hübsch gemacht und ein dezent duftendes Parfum an den warmen Stellen ihrer Haut aufgetragen, an denen der Pulsschlag zu spüren ist. Andy gefällt sie, er ist selbst eher etwas nachlässig gekleidet, in seinem üblichen Studentenlook mit verwaschenen, unten ausgefransten blauen Jeans und rot-schwarz kariertem Baumwollhemd à la kanadischem Holzfäller.

Er überreicht Anja einen kleinen, schwarz-weißen Plastikwürfel, also in den klassischen Pianofarben. »Hier bitte, für unsere erste Stunde. Drück doch mal hier auf den Knopf, Anja.«

Anja drückt auf den Knopf und ein bunter Plastikblumenstrauß springt aus der Schachtel. Anja ist überrascht und freut sich über diese lustige Aufmerksamkeit. »Das ist aber lieb, danke!«

»Gerne geschehen. Das Gute daran: Du kannst die Blumen in den Würfel zurückschieben, und wann immer du möchtest, entfalten sich ab jetzt frische Blumen.« Insgeheim hofft Andy darauf, dass Anja beim Anblick des Würfels künftig an ihn denkt.

Anja lacht etwas verlegen: »Na, dann bin ich mal gespannt, welche Klänge wir jetzt auf dem Klavier entfalten. Guck mal hier, ist ein Familienerbstück, restauriert, und es geht eigentlich ganz passabel. Es wird aber deinen Ansprüchen kaum genügen.«

Andy setzt sich an das Klavier und spielt ein paar Läufe. »Ja, ist doch schön, ich liebe diese alten Klaviere. Wenn die erzählen könnten?! In meiner neuen Wohngarage steht jetzt ein guter Ibach-Flügel von neunzehnhundert-einundzwanzig. In der neuen Bude störe ich niemanden und kann so viel üben, wie ich will. Wer nicht ›tastet, der röstet‹ … oder so ähnlich …« sagt Andy kichernd und fährt fort:

«Also gut, Anja, dann zeige ich dir jetzt mal, was du am Anfang üben solltest. Ganz wichtig ist aber auch, dass du viel Boogie-Woogie- und Bluestitel hörst, damit du eine Ahnung von Klang, Ausdruck und Aufbau dieses Stils bekommst. Ich gebe dir dazu Tipps und bringe dir das nächste Mal eine Musikkassette mit ein paar typischen Titeln mit.«

Andy steigt in den Unterricht ein und arbeitet fast eine Stunde lang intensiv mit Anja. Im Studium hat Andy gelernt, mit Schülern geduldig und langsam vorzugehen, sich buchstäblich an die Stücke »heranzutasten«. Als Hausaufgabe soll Anja bis zur nächsten Stunde die ersten zwölf Takte eines Blues üben, den Andy ihr heute gezeigt hat. Das passende Notenblatt dazu überlässt er Anja.

»Puh, da muss ich mich wirklich konzentrieren, aber es macht mir Freude, Andy.«

»Du wirst schon sehen, Übung macht die Meisterin, und immer an das Feeling denken, den Ausdruck. Nicht verkrampfen.«

»Ach, das war wirklich schön heute. Du bist ein guter Lehrer.«

Anja lädt Andy noch zu einem Tee mit selbst gemachtem Gebäck ein. Ist er bei Mud zum Tee, erkundigt er sich vorsichtshalber, ob das etwa die Haschkekse sind. Aber hier ist das sicher nicht nötig und eine gute Gelegenheit für einen Smalltalk.

»Sag mal Anja, wie siehst du das aus deiner Kellnerinnen-Perspektive: Also ich habe nur sehr selten erlebt, dass sich die Bedienungen dazu herablassen, die Musiker der Bands mit Getränken zu versorgen. Da muss man sich an der Bar fast immer selbst drum kümmern.«

»Du meinst also Eight to the ... äh ... Acht an der Bar«, kontert Anja schlagfertig, und beide müssen lachen. Sie fährt fort: »Also ehrlich gesagt, im Weinkeller will der Wirt ausdrücklich nicht, dass wir als Bedienung den Musikern Getränke bringen. Er möchte, dass die sich ihre Getränke an der Theke bei ihm holen. Dann hat er das besser unter Kontrolle.

Er befürchtet einfach, dass sich die Musiker teure Getränke bestellen und sich betrinken. Das gibt's tatsächlich, habe ich selbst erlebt. Aber bei dir, Andy, würde ich immer eine Ausnahme machen!« Anja blinzelt keck.

Zum Abschied greift Anja in ihr Portemonnaie, holt einen zehn D-Mark-Schein heraus und hält ihn Andy hin. »Hier, wie gesagt, ich habe zwar nicht so viel Geld, aber du sollst doch was bekommen, für deine Mühe.«

»Lass' mal, Anja, das machen wir ein andermal. Überlege dir erst mal in aller Ruhe, ob du das mit mir überhaupt weitermachen möchtest«, schlägt Andy vor.

Anja stutzt nur einen Moment und antwortet begeistert: »Danke dir. Ja, ich würde das sehr gerne mit dir weitermachen. Solltest du übrigens mal wieder hier in der Gegend ein Konzert spielen, dann würde ich mir das sehr gerne anhören. Im Weinkeller konnte ich leider nicht so intensiv zuhören, wie ich das gerne getan hätte...

Ach. Das will ich nicht vergessen. Mein Vater hat mir das Videogerät hier an meinen kleinen Fernseher angeschlossen. Ich denke, du willst dich als Fernsehstar auch mal sehen, oder?«

»Fernsehstar, na ja. Aber klar will ich es mal sehen. Das ist ja toll, dass du daran gedacht hast!«

Beide schauen sich die Passagen von Andy und seinem Duo-Partner an. Andy muss es sich unbedingt dreimal anschauen, um jedes Detail gesehen zu haben.

»Das war toll«, schwärmt Anja, »du musst jetzt bestimmt jede Menge Autogramme geben, wenn du durch die Straßen gehst?«

»Kein einziges! Ich bin ja nicht Udo Jürgens!«, lacht Andy. »Mich erkennt ohnehin niemand, schon weil man unglaublich stark geschminkt wird. Aber es hat irre viel Spaß gemacht. Eine Erfahrung mehr. Und vielleicht hilft es etwas beim ›Verkaufen‹ des Duos an die Veranstalter.«

»Das wünsche ich euch beiden sehr!«

»Prima dann, Anja. Wann soll es denn in die nächste Runde gehen?«

»Ich muss zwar immer etwas kellnern gehen, aber da finden wir schon einen Termin. Wie wäre es nächste Woche am Donnerstag um dieselbe Zeit?«

»Okay! Ach Anja, da fällt mir ein, dass ich bald gemeinsam mit ein paar anderen Pianisten bei einem Festival in Bielefeld auftrete. Wenn du Lust, hast mitzukommen dann …?«

Anja zögert keine Sekunde und fällt ihm ganz begeistert ins Wort: »Danke, das freut mich wahnsinnig. Ich schreibe mir gerade noch die Adresse auf. Ist dein Duo-Kollege aus dem Fernsehen mit dabei?«

»Ja klar, der ist mit von der Partie. Bestens, Anja. Ich kann dich auch gerne mitnehmen, muss aber zum Aufbau früh da sein und deshalb schon am Nachmittag losfahren.«

»Das wäre wirklich supertoll. Ich werde ganz Mäuschen spielen und kann dann wirklich alles miterleben. Da freue ich mich echt drauf!«

»Okay, dann hole ich dich gegen vierzehn Uhr ab.«

»Prima, danke und auf bald.«

»Bis dahin Anja. Mach's gut. Bis dahin!«

»Tschüssi!«

Andy denkt: Es geht also was bei ihr, sie mag mich … vielleicht … Er läuft wieder an dem Haus entlang zurück zu seinem Auto, da ruft es aus einem kleinen Beet, es ist die Mutter: »Bei der Musik, da kann man gar nicht anders. Da muss man einfach mitwippen!«

»Das freut mich. Ich tue mein Bestes. Anja kann das bald auch. Tschüss denn …«, gibt Andy zurück, lacht freundlich und winkt ihr zum Abschied zu.

»Tschüss … Herr Andy.«

Herr Andy? Das klingt gar nicht so schlecht, findet er. Gut gelaunt fährt er mit seiner Rostlaube zurück nach Wesel.

Kaum ist Andy weggefahren, stürzt auch schon Anja aus dem Haus und läuft zu ihrer Mutter: »Na? Wie findest du ihn, Mama?«

»Das ist ja ein wirklich Netter, Anja.«

»Ja, und der ist so süß … und hat mich auf sein nächstes Konzert eingeladen.« Anja macht Freudensprünge und umarmt ihre Mutter überschwänglich. Die kann sich selbst noch gut an das Ungestüme der Jugend erinnern und fühlt sich gerade um dreißig Jahre zurückversetzt.

Schräge Töne im Studio

Die Band bereitet sich intensiv auf die Aufnahmen in dem neuen Tonstudio vor – auf den »Studiotag«, den sie sich durch den Auftritt bei dessen Einweihung erarbeitet hatte. Geübt wird in den kostenlosen Proberäumen der sogenannten »Musikerinsel«, einem öffentlich geförderten Projekt für junge Talente. Andy hat schon lange die Schlüsselgewalt für das bunkerartige Gebäude, gelegen in einem Hafengebiet am Niederrhein.

In dem großzügigen Kellerraum steht sogar ein gebrauchter Flügel, den eine ältere Dame gespendet haben soll.

Die Musiker treffen an einem Wochentag am Studio ein. Die Örtlichkeiten sind ihnen von ihrem kleinen Auftritt bei der Einweihungsfeier bereits vertraut. Sie gehen schnurstracks in den Anbau des Einfamilienhauses, wo sie der Toningenieur schon erwartet:

»Hallo liebe Musikerkollegen. Ich heiße Toni und bin heute euer Toningenieur.«

»Der Name ist Programm, nicht wahr, Toni?«, scherzt Andy.

»Ja, der Name und mein Beruf wurden mir schon in die Wiege gelegt. Herzlich willkommen hier bei uns! Ich schlage vor, dass ihr mir in mein Reich, den Regieraum, folgt.«

Alle gehen in den Regieraum. Toni nimmt in seinem bequemen Mixersessel Platz, der sich an dem riesigen Mischpult mit hunderten von Reglern und Knöpfen in allen Farben und Größen befindet. Neben dem Pult steht die Bandmaschine, in die ein handbreites Tonband eingelegt ist, auf dem viele Tonspuren untereinander Platz haben. Effektgeräte und natürlich die Lautsprecherboxen unterschiedlicher Größen ergänzen das Equipment. Hinter dem Mischpult befindet sich eine riesige schallgedämmte Glasscheibe, hinter der sich der Aufnahmeraum befindet. Toni kann so alles gut von seinem Sessel aus sehen – und die Musiker können ihn sehen, was die Kommunikation durch Handzeichen ermöglicht.

Die Künstler finden ausreichend Platz in der nicht minder gemütlichen, ledergepolsterten Sitzecke. Toni fährt fort:

»Bei der Eröffnung dieses Studios war ich leider nicht dabei, aber ich habe gehört, dass ihr schon jede Menge Auftrittserfahrung habt. Ihr seid also gut vorbereitet, locker und jetzt bestimmt ganz heiß darauf, endlich loszulegen. Andy habe ich mit seinem Kumpel vor Kurzem ja schon im WDR bewundern können. Es wird heute ein guter Aufnahmetag, das liegt in der Luft.

So, ihr wisst ja, dass ihr euch heute zwischen zwei Aufnahmeverfahren entscheiden könnt. Entweder eine »Live-Aufnahme«, also wie im Konzert, nur ohne Publikum. Mit der Methode würdet ihr die Zeit am besten nutzen und theoretisch die meisten eurer Titel aufnehmen können. Oder halt die andere Methode, ›Playback / Overdub‹, also das Aufnehmen aller oder auch nur einzelner Instrumente hintereinander auf getrennten Spuren. Das ist allerdings recht zeitaufwendig. Und Zeit ist kostbar, wenn man möglichst viele Stücke für ein professionelles Demoband als Endprodukt haben will. Den Gesang solltet ihr allerdings nicht live aufnehmen; der sollte immer auf eine getrennte Spur, weil fast alle Sänger mehrere Takes brauchen, bis sie zufrieden sind.

Ein Tag Studio klingt nach viel, ist aber wenig. Habt ihr euch schon entschieden, welche Methode ihr bevorzugt!? Ich bin jedenfalls auf alles eingestellt.«

Rob antwortet: »Wir sehen das auch so, Toni. Wir haben uns gut vorbereitet und wollen ›Live‹ aufnehmen. Meinen Gesang ergänzen wird dann später.«

»Okay, dann bitte ich euch, jetzt eure Instrumente ins Studio zu bringen. Ich zeige euch, wo ihr jeweils steht. Anschließend treffen wir uns noch mal kurz hier. Ich habe mir folgende Besetzung aufgeschrieben: Gesang & Gitarre, Bass, Piano, Schlagzeug, Sax. Ist das richtig? Der Flügel steht drin, ist gestimmt und schon fertig getunt!«

»Perfekt, Toni«, antwortet Andy.

Die Musiker tragen ihre Instrumente in das Studio und bauen sie auf, Toni schließt sie an. Sie folgen ihm in den Regieraum zur nächsten Besprechung und er sagt:

»Also, alles ist angeschlossen, es kann dann losgehen. Deswegen: Spielt den ersten Song einfach ganz locker vom Hocker, nur zur Probe und ohne Aufnahme. Wir lauschen anschließend kurz rein, damit ihr hört, was ich zum Sound meine. Dann geht jetzt bitte auf eure Positionen. Wenn ich ›Aufnahme‹ rufe und die rechte Hand nach oben hebe, dann legt ihr einfach los. Ich wünsche euch viel Spaß! Ihr habt's drauf, das wird ein guter Tag!«

Die Band nimmt im Tonstudio Aufstellung. Muds Schlagzeug steht in einem isolierten Raum hinter Glas. Ansonsten können sich die Musiker untereinander gut sehen, obgleich akustische Trennwände zwischen ihnen aufgebaut sind. Sie sind angespannt wie Flitzebögen. Toni gibt Handzeichen und ruft: »Aufnahme!«

Mud zählt mit den Sticks ein: »Eins, zwo ... eins, zwo, drei, vier ...« Es geht los. Jeder konzentriert sich auf seine Parts. Der Sound ist fantastisch. Nach dem letzten Ton lassen sie ausklingen und nehmen ihre Kopfhörer ab.

Mud kommt aus seinem Schlagzeug-Glaskäfig und meckert direkt als Erster, zum Glück nur über sich selbst: »Au Mann, in der Mitte bin ich einmal total rausgekommen.«

»Damit bist du nicht allein«, meint Rob, »mir ist einmal die Seite unterm Finger weggerutscht.«

»Kommt dann bitte zu mir rüber, wir diskutieren das besser gemeinsam«, ruft Toni.

Toni weiß aus langer Erfahrung, dass solche Gespräche unter den Musikern schnell ausarten und sie demotivieren können, und unterbindet das sofort. Der lockere »Spaßgrundton« unter den Akteuren muss aufrechterhalten bleiben. Aber Toni weiß auch, dass jeder mit Stress anders umgeht.

Die Protagonisten lassen sich erneut auf den bequemen Polstermöbeln nieder.

»So, Leute«, lässt Toni wissen, »kleines Geständnis meinerseits. Ich habe anders als eben angekündigt doch die Aufnahme gestartet. So habt ihr beim ersten Take keinen Druck gehabt und konntet ganz relaxt spielen. Hört es euch an. Ihr bekommt natürlich erst mal einen Rough-Mix zu hören, die echte Mischung mache ich sowieso erst am Schluss. Also, ab geht's.«

»Du bist ein kleines Säckle!«, meint Mick anerkennend zum Trick von Toni.

Die Bandmaschine startet, und der Song läuft über die großen Boxen. Alle haben ihre Augen geschlossen, den Kopf gesenkt. Sie verfolgen die Aufnahme hochkonzentriert. Nach dem Ausklingen des Takes fragt Toni interessiert: »Na, was meint ihr so dazu?«

Andy beginnt: »Also gut finde ich, dass wir überhaupt mit einem Take in mittlerem Tempo beginnen. Aus meiner Sicht ist das rund, wobei ich natürlich beim Abhören jetzt sehr auf meinen Part geachtet habe. Aber sonst ist mir auch nichts aufgefallen.«

Rob ergänzt: »Komisch, ich war mir ganz sicher, dass mir ein Ton verrutscht ist. Der ist auch verrutscht, aber so verrutscht, dass es trotzdem passt.«

»Alles passabel«, kommentiert Mud.

Mick ist der Sparsamste was Kommentare betrifft, und zeigt nur mit dem Daumen nach oben.

Mr. Foley meint ganz trocken: »Als Bassist kann man keine Fehler machen, weil niemand sie hört ...«, und grinst.

»Super, dann schlage ich vor, das Stück jetzt einfach stehen zu lassen und den nächsten Titel anzugehen. Wenn das so weitergeht, kriegt ihr eine Menge Takes heute hin. Zwei Stunden müssen wir uns für den End-Mix lassen, Freunde«, spricht Toni. Er stärkt so die Moral der Gruppe mit der Aussicht, bis zum Schluss der Session möglichst viele gelungene Takes einspielen zu können.

Von kleinen Fehlern abgesehen, die aber noch nachzubearbeiten sind, läuft alles rund. Die harten Proben zahlen sich jetzt aus. Nach dem vierten Titel aber pöbelt der sonst so gesellige Mud Mr. Foley aus heiterem Himmel regelrecht an und sagt genervt: »Hey Mister, bei den Breaks setzt du zu spät ein, das irritiert mich total! Ehrlich, so haut das nicht hin!«

Muds Nerven sind von Aufnahme zu Aufnahme immer angespannter geworden. Obwohl ihn seine Kollegen als obercool wahrnehmen, ist er richtig angefressen. Das haben auch alle bemerkt. Toni hat jedes Wort mitbekommen und holt alle zu sich ins Studio:

»Leute, kommt bitte zu mir rüber. Wir machen mal einen kurzen Break!«, ertönt die energische Stimme von Toni über die Regiebox im Aufnahmeraum. Ihm schwant nichts Gutes. Er hat in seltenen Fällen schon Bands erlebt, die sich so gefetzt haben, dass er die Session abbrechen musste. Deswegen hat er sich angewöhnt, sofort zu unterbrechen, um sich anbahnenden Streit gleich im Keim zu ersticken. Mud und Mr. Foley sitzen getrennt voneinander im Studio und würdigen sich keines Blickes.

Toni sagt ganz ruhig: »So, Leute, irgendwo sitzt ein klitzekleines Problem, dass gelöst werden muss, und zwar ...« Mud ist kaum zu halten und fällt Toni laut ins Wort:

»Ja, das klitzekleine Problem steht neben meinem Glaskäfig. Der Einsatz von Mr. Foley ist schon zweimal zu spät gekommen. Das bringt mich raus und das nervt!«

Toni hält seine Hände vor die Augen. Er ahnt schon, was jetzt kommen wird, kann es aber nicht mehr verhindern. Denn diese Bemerkung war der kleine, noch fehlende Funke, der Mr. Foley zur Explosion bringt, und der schreit Mud nun an:

»Da ist überhaupt nichts zu spät, hörst du! Gar nichts! Zähl an deiner ›Scheißbude‹ mal lieber richtig ein, da liegt doch das Problem. Mir geht hier gerade alles tierisch auf die Nerven, ehrlich ... Shit, shit, damn it, shit!«

Mr. Foley springt auf, stürmt extrem sauer gefahren aus dem Mixerraum, knallt die Tür mit Effet hinter sich zu und verlässt das Gebäude Richtung Frischluft. Anschließend: Totenstille im Raum.

Nach einer gefühlten Ewigkeit unterbricht Andy diese unheimliche Ruhe: »Was war das denn gerade?! Hab' ich das wirklich erlebt? Unser obercooler Bassist?!«

»Ich gehe mal hinterher«, kündigt Rob an und steht auf, um das Studio zu verlassen.

Toni rät davon ab. Er hat sogar schon erlebt, dass sich gestresste Musiker schlimmstenfalls bis zur Schlägerei provozieren können. Er meint abgeklärt:

»So was erlebe ich häufiger, Jungs. Das ist eine Übersprungshandlung. Reine Nervensache. Euer Kumpel ist auch schon die ganze Zeit angespannt, das merke ich, und jetzt erleben wir gerade das Ventil, wo er den Frust rauslässt. Leute, ich rate euch ab von der Fehlersuche und von Schuldzuweisungen. Das bringt überhaupt nichts!«

»Gerade unser Mr. Foley ist Profi, ein Superbassist. Verstehe ich nicht!«, meint Andy.

Toni analysiert kurz: »Jeder kann auch mal einen schlechten Tag haben. Das geht schon in Ordnung, der kommt schon wieder. Ich schlage vor, wir machen mal für alle eine kurze Pause. Wenn er danach noch nicht zurück ist, dann ziehen wir schon mal die beiden Titel vor, wo kein Bass vorkommt, wenn ich mir das richtig notiert habe. Es ist ja eure Zeit!«

Gesagt, getan. Die Band macht nach der Pause erst einmal ohne Mr. Foley weiter. Die unvollständige Band sitzt gerade wieder im Mixerraum und hört sich die beiden frisch aufgenommenen Stücke an, als die Tür aufgeht, Mr. Foley merklich entspannt hereinkommt und sich entschuldigt: »Sorry, dass musste gerade mal sein. Der Dampf musste raus, und er ist jetzt raus. Sorry, Mud! Let it go! Machen wir jetzt weiter?«

»Ein Sorry auch von mir, Farrell! Klarer Fall von Überhitzung«, entschuldigt sich auch Mud. Mr. Foley registriert überrascht, dass er zum ersten Mal überhaupt von einem seiner Kollegen so persönlich mit seinem Vornamen angesprochen wird. Das gefällt ihm – gerade jetzt. Das ist der endgültige Türöffner zu seinem vorübergehend verschlossenen Herzen: Die zufriedene Miene bei ihm verrät es seinen Kollegen. Farrell ist »zurück im Spiel«.

Der Hobbypsychologe Toni hat seine Rückkehr fast auf die Sekunde genau vorhergesagt. »Alles relaxt, Mr. Foley! Das passiert sogar Vollprofis nach Jahrzehnten«, meint er in altväterlichem Ton.

Die Aufnahmesession verläuft erfreulich erfolgreich. Toni nimmt noch die Gesangsspuren mit Rob auf, merzt noch drei Stunden lang mit der Band hier und da kleine Fehler aus und erstellt den Mix. Er hängt damit sogar noch privat eine Stunde dran. Dann kommt Tonis Schlusswort:

»Ich will euch ein Kompliment machen. So manche Band, also egal ob Amateure, Semi-Profis oder Profis, dreht hier schon mal komplett durch. Ich habe für ein Demo noch nie so viele Aufnahmen als Ergebnis bekommen wie mit euch heute. Ehrlich. Mir hat es richtig Spaß gemacht. Ich hoffe, euch auch. Machen wir Schluss für heute, alles Gute!«

»Vielen Dank, Toni«, sagt Rob. »Du warst wie unser sechstes Bandmitglied, ehrlich. Ohne deine Hilfe wäre das nix geworden. Du hast aber so was von die Ruhe weg, das war für uns eine tolle Erfahrung!«

Andy ergänzt: »Ja, das stimmt. Interviews in Radiosendungen, der Fernsehauftritt im WDR, alles ist halb so schlimm wie die Studioarbeit mit dem ganzen Stress, den es auszuhalten gilt. Wir danken dir alle für deine Geduld und Weitsicht. Du bist ein Supertyp! Wir haben für dich gesammelt und das Ergebnis findest du in diesem Umschlag.«

Andy überreicht Toni den Umschlag mit einhundert DM. »Nochmals: aufrichtigen Dank!«

Alle Musiker klatschen Toni kräftig Beifall, der ganz gerührt sagt: »Danke, aber das ist doch nicht nötig, vielen Dank. Ihr habt heute gelernt: Auch wenn die Aufnahmetechnik noch so perfekt funktioniert, der Faktor Mensch bleibt unkalkulierbar. Und das ist gut so, finde ich! Negative Energie muss man einfach in Kreativität umwandeln. Und das habt ihr doch ganz gut hingekriegt!«

Die Musiker haben ab heute eine Ahnung davon, warum die großen Bands ihre Ingenieure bei einer Nummer der CD sogar als Mit-Komponisten angeben, damit sie auch Geld auf ihr GEMA-Konto gutgeschrieben bekommen (die GEMA verteilt Vergütungen an bei ihr registrierte Komponisten und Texter bei öffentlicher Aufführung ihrer Musikwerke bei Konzerten, im Rundfunk etc.). Die Bandmitglieder sind um wichtige Erfahrungen reicher, die die Gruppe weiter zusammenschweißen. Zum ersten Mal haben sie so etwas wie ein Produkt, aus dem sie Musikkassetten als Demos für Veranstalter und zum Verkauf an ihre Fans herstellen.

Eine fehlerfrei und kostengünstig arbeitende digitale Technik wird später echte Musiker zum Teil ganz ersetzen. Es spielen programmierte, virtuelle Drummer, Bassisten oder Saxofone statt Musiker aus Fleisch und Blut. Alles perfekt, ohne jeden kleinen Fehler, aber auch entsprechend steril anzuhören. Ein ganzes Tonstudio findet heute Platz auf einem Notebook.

So manche Band hat sich bereits früh auf die ersten technischen Tricks in der Aufnahmetechnik eingelassen und war dann nicht mehr in der Lage, ihre eigenen Titel live so zu spielen, wie sie auf ihrer LP zu hören waren. Die »Stompers« können das weiterhin. Plug and Play!

Der Absturz

Andy hat sich wegen seiner Vorbereitungen auf die Abschlussprüfungen an der Musikhochschule aus allen Auftrittsterminen ausgeklinkt. Aber seine Teilnahme an einem wichtigen Gig der »Stompers« auf einem Festival in Dortmund hat er seiner Band doch noch fest zugesagt.

Andy hat einfach keinen guten Tag, als die Musiker schon recht früh zu dem Auftritt aufbrechen müssen. Bei ihm kommt geballt ganz viel zusammen. Da sind zum einen die bevorstehenden schweren Prüfungen, die ihm gerade alles abverlangen. Zum anderen macht er sich viel zu viele Gedanken darüber, wie es nach dem Diplom beruflich weitergehen soll. Er arbeitet heute schon an verschiedensten Projekten und kommt finanziell doch nicht auf einen grünen Zweig. Andy befindet sich gerade jetzt in einer Existenzkrise und zweifelt an allem und jedem. In seiner Musik-Garage fällt ihm der Himmel auf den Kopf. Er würde am liebsten alles hinschmeißen und abhauen, ans Meer nach Südfrankreich, und sich von der Sonne die ganzen Narben der letzten Monate vom Körper brennen lassen. Und inkognito als Weinbauer neu anfangen.

Die Band »The Boogie Stompers« muss schon am Nachmittag am Auftrittsort eintreffen, weil mehrere Gruppen auf der Bühne stehen werden und alles vor Ort gut abgestimmt werden muss. Alle »Stompers« bis auf einen treffen pünktlich an der Bühne ein. Wie so häufig lässt der Bassist Mr. Foley noch auf sich warten. Er ist schon einmal aus einer seiner Bands rausgeflogen, weil er so häufig zu spät kam und so die ganze Organisation durcheinandergebracht hat. Der war's dann auch grad egal, ob es ein Spitzenbassist ist, wie Farrell Foley.

Nach dem Aufbau der Instrumente und der Technik auf der Bühne entsteht bis zum Start des Konzerts ein Zeitloch von drei Stunden. Die Musiker sitzen in dem großen Musikzelt in den Publikumsreihen und versuchen, sich die Zeit zu vertreiben. Das Catering ist noch nicht aufgebaut, also sitzen alle mit leerem Magen da. Da kommt einer der Organisatoren zu den Bandmitgliedern und bringt einen Kasten Bier mit. Alle greifen zu, und jeder nimmt gerne eine kleine Erfrischung. Es ergibt sich eine entspannte Stimmung, wie bei einer lockeren Feier, alle sind gut drauf. Da kann man schon mal vergessen, dass man nicht zu seinem Vergnügen da ist, sondern einen Programmpunkt bei einem Festival darstellt.

Gerade Andy greift immer und immer wieder in die Bierkiste. Promille treffen auf einen ausgelaugten Körper, der nach den ganzen Strapazen der letzten Zeit kaum Widerstand leisten kann. Und gegessen hat er auch nichts. Ein Teufelskreis. Es braucht bei Andy also nicht viel, um ihn aus der Bahn zu werfen. Und er stolpert geradewegs in diese heimtückische Falle.

Sein bester Freund Rob geht zu ihm und fragt besorgt und ohne Vorwurf, ob noch alles in Ordnung sei. Andy reagiert ziemlich unwirsch und lallt schon regelrecht, ohne es selbst zu bemerken:

»Nein, nichts ist in Ordnung, das weißt du doch.«

»Komm, geh' ins Auto und knack 'ne Runde«, schlägt Rob ihm vor.

»Ach, lasst mich doch alle in Ruhe«, mault Andy.

Das sieht Rob schweren Herzens ein. Er kann da ohnehin nichts mehr ausrichten.

Und dann gibt es für die Band noch eine zweite Baustelle: Zehn Minuten vor dem Auftritt ist der Bassist Mr. Foley noch immer nicht vor Ort. Das ist für alle anderen jedes Mal beunruhigend – auch wenn sie es sowieso nicht ändern können. Schon der Komponist Johann Strauss wusste: »Glücklich ist, wer vergisst, was doch nicht zu ändern ist!«

Was die Musiker nicht wissen, ist, dass Mr. Foley erstens mal wieder zu spät losgekommen ist und zweitens unterwegs Lust auf seine heiß geliebte deutsche Bratwurst bekommen hat. Dazu hat er einen »Bratwurstatlas« im Auto, der ihn zu den besten Buden Deutschlands führt. Diesmal ist es ein Umweg von sechzig Kilometern, den er für sein Lieblingsgericht in Kauf nimmt. Er genießt die Bratwurst immer ganz langsam, nach einem bestimmten Ritual. Top ist, darauf steht er besonders, wenn die Wurst auf einem kleinen Porzellanteller serviert wird. Dann vergisst er die Zeit und träumt von seiner Seeräuberfamilie in Irland. Schade, dass ihr bei den Strandräubereien nicht auch eine Ladung deutscher Bratwürste in die Hände gefallen ist. Dann hätte er sich irgendwann damit überfressen, und die Sucht wäre gar nicht erst entstanden.

Die Musiker können nicht mehr tun, als zumindest das Klinkenkabel für den Bass zur Verstärkeranlage an den Platz zu legen, wo Mr. Foley beim Auftritt stehen soll. Es ist bereits neunzehn Uhr fünfundfünfzig, also noch fünf

Minuten bis zum Gig. Und Rob überlegt schon, die Titelreihenfolge so umzustellen, dass sie zunächst ohne Bassisten auskommen können.

Dann endlich, drei Minuten später, kommt der »Bratwurstfan« abgekämpft mit seinem Bass auf die Bühne. Im Schlepptau einen netten Helfer der Veranstalter, der ihm den Bassverstärker hinterherträgt. Noch zwei Minuten bis zum Gig. Die Band legt immer Wert auf Pünktlichkeit, auch heute, schon wegen des einzuhaltenden Zeitplans. Sechshundert Musikfans warten im Zelt gespannt auf den Beginn des Festivals.

»Hey Mister!«, ruft Rob ihm erleichtert zu, »Kabel liegt auf der Bühne. Rein damit in den Bass! Wir müssen jetzt (!) anfangen! Stimmen musste während des Spiels, das klappt jetzt nicht mehr.«

»Ja, ja, das kriege ich schon hin …«, verspricht Mr. Foley, ganz außer Atem. Und steht binnen sechzig Sekunden spielbereit auf seinem Platz.

Rob macht eine kurze Ansage und los geht's. »Eins, zwo, und eins, zwo, drei, vier …«, zählt Mud ein. Der erste Song startet auf den Punkt um zwanzig Uhr. Der alte Profi Farrell Foley macht blitzschnell die Anschlüsse klar und beginnt mit dem ersten Titel nach Gehör exakt seinen Kontrabass zu stimmen. Und macht noch eine Show daraus, indem er mit seinem Bass, eng umschlungen wie mit einer Dame, im Takt der Musik tanzt. Dabei verdreht er, fürs Publikum unbemerkt, die Stimmwirbel, bis alles passt. Rechtzeitig vor seinem Solo, das er mal gezupft und mal gestrichen spielt, ist die Stimmung perfekt. Mr. Foley bekommt einen Riesenbeifall. Dafür lieben ihn seine Kumpels. Er kann sich das leisten, der Bratwurstfan und Ausnahmemusiker aus Irland: Mit dem

Gongschlag auf der Bühne und sofort in die Show, sodass das Publikum glaubt, alles, was es sieht, sei genauso geplant!

Die Zuhörer sind durch Mr. Foleys Einlage ganz abgelenkt davon, was zeitgleich auf der anderen Seite der Bühne vor sich geht. Auch Rob nimmt es als Sänger zunächst nicht wahr, weil er immer noch fasziniert auf Mr. Foley schaut. So erfährt er die folgenden Ereignisse erst später. Während der Bassist seine Show abzieht, muss Andy sich am Piano hoch konzentrieren, der Alkohol hat ihn offenbar ganz schwummrig werden lassen. Die Kumpels auf der Bühne dachten eigentlich, er hätte sich in der Zwischenzeit erholt, aber dem ist nicht so. Andy sitzt wie verloren auf dem Klavierhocker und beginnt leicht hin und her zu schwanken.

Er ist immer noch »stockbesoffen«. Und da ist dieses ihn nervende, grelle Licht der Scheinwerfer. Das blendet ihn ungemein; er weiß gar nicht mehr genau, wo er sich gerade befindet. Sein Blick wird zunehmend unscharf. Die Tasten des Klaviers kann er kaum noch erkennen. Andy glaubt, so wie immer zu spielen, aber aus dem Instrument kommen ganz andere Töne als die, die er anschlägt. Im Publikum sieht er nur lauter Affen sitzen, die wie in Zeitlupe Beifall klatschen. Und alles dreht sich um ihn, ganz langsam, wie im Kinderkarussell.

Die Ansage von Rob bekommt er zwar noch mit, versteht sie aber nicht. Andy kann auch noch verschwommen erkennen, wie Mr. Foley so vollkommen irreal mit seinem Bass tanzt. Er sucht derweil weiter nach den richtigen Tönen, findet sie aber nicht. Seine Hände wollen ihm einfach nicht gehorchen. Er fühlt sich schwach, sucht jetzt mit beiden Händen Halt am Spieltisch des Instruments, rutscht aber weg, kann sich kaum mehr auf dem Stuhl halten. Ab dann wird es bei ihm rabenschwarz dunkel. Filmriss! Dass er wie ein gefällter Baum in Zeitlupe vom Klavierstuhl kippt und wie ein nasser Sack auf der Bühne aufschlägt, bekommt er schon gar nicht mehr mit. Er ist bewusstlos.

Zum Glück sind noch die meisten Augen auf Mr. Foley gerichtet. Diejenigen im Publikum, die es aber doch gesehen haben, haben vor lauter Schreck geraunt. Gott sei Dank ist Andy nach rechts gefallen, nach links wäre er kopfüber zwei Meter tief von der Bühne gestürzt. Das wäre ganz anders ausgegangen! Da hat ihm irgendjemand die Hand unter den Allerwertesten gehalten, werden die Kollegen später sagen.

Andy kommt relativ schnell wieder zu sich, schafft es irgendwie, sich halb aufzuraffen, taumelt von der Bühne und robbt mit Mühe in den angrenzenden Aufenthaltsbereich. Nur weg von den Blicken des Publikums. Der Sturz hat bei Andy zum Glück keine großen Blessuren verursacht, von ein paar Kratzern an der rechten Gesichtshälfte und einer Prellung an der rechten Schulter einmal abgesehen. Der federnde Holzboden der Bühne hat Schlimmeres verhindert.

Mud hat alles mitbekommen und Rob laut zugerufen, dass Andy gerade ausgefallen ist. Die goldene Regel für eine Band heißt in solchen Fällen: »The show must go on!« Also wird einfach weitergespielt, als wäre nichts geschehen.

Rob stellt das Programm sofort um. Manche Titel entfallen, Andys Features sowieso. Und Rob ruft dem Publikum zu, nachdem Mud ihm signalisiert hat, was da gerade mit Andy passiert ist: »Das macht der Pianospieler immer so, gehört zur Show.« Das Publikum lacht entspannt, glaubt tatsächlich an einen guten Gag und applaudiert. Rob kommt die Band der Titanic in den Sinn, die sich an dieselbe Show-Regel gehalten hat, bis zum bitteren Untergang.

Nach dem ersten Set, das Rob dann etwas abkürzt, rast er natürlich direkt in den Aufenthaltsbereich. In der gesamten Zwischenzeit hat sich niemand um Andy gekümmert, obwohl Mr. Foley nach dem ersten Titel dem Ordner hinter der Bühne sofort Bescheid gegeben hat. Das ist der zweite Schock für die Kollegen, dies erfahren zu müssen. Aber das müssen sie wegstecken und weitermachen.

Rob findet Andy schlafend auf einer herrenlosen Decke auf dem Boden des Musiker-Cateringbereichs vor. Er befindet sich in einem erbärmlichen Zustand, wortwörtlich »am Boden zerstört«. Rob schüttelt Andy wach, um zu sehen, wie es ihm wirklich geht, und der stammelt nur verwaschen:

»Sorry. Das wird nix mehr. Ich steig aus. Ist doch eh alles egal. Studium im Eimer, Andy im Eimer, alles im Eimer …«

»Nix ist im Eimer«, sagt Rob laut zu Andy.

Er bringt ihn mit Hilfe von Mud in den Transit, und sie machen es ihm auf der Ladefläche so bequem wie möglich.

»Das kriegen wir schon wieder hin«, beruhigt ihn Rob.

Die Verletzungen sind zum Glück nur oberflächlich. Das kann Rob als ausgebildeter Mediziner schon mal sicher sagen. Und das bestätigt ihm auch ein Sanitäter, der vor Ort ist. Die Nachricht geht direkt an die anderen Bandmitglieder, die beruhigt sind und soweit möglich die Show fortsetzen können. Wenn Andy ins Krankenhaus gemusst hätte, wäre es, sagen alle später, selbstverständlich gewesen, den Auftritt abzubrechen. Keiner hätte unter diesen Umständen das Konzert zu Ende spielen können.

In der Pause wird auch gleich das Klavier von der Bühne entfernt, um das Publikum nicht mehr an den fehlenden Pianisten zu erinnern. Der Sanitäter sieht regelmäßig nach Andy, der im Band-Bus eingeschlafen ist.

Die Freunde können Andy erst nach dem Gig mit in die Pension nehmen, wo sie ihn in seinem Zimmer aufs Bett legen. Rob schaut in der Nacht immer wieder mal vorsorglich nach Andy. Aber der schläft tief und fest.

Am nächsten Morgen sitzen dann alle beim Frühstück, und selbst Andy kommt etwas später dazu. Da gibt es ein fröhliches Hallo und eine große Erleichterung bei allen.

Andy meint mit Katerstimmung nur, dass ihm der Vorfall so unendlich leidtut und er zu seinem Glück nichts von den Peinlichkeiten mitgekriegt hat. Seine größte Sorge aber bleibt, dass er womöglich viel Mist erzählt hat, sich an nichts erinnern kann und ihm alle Knochen wehtun. Er hat Kopfschmerzen wie noch nie. Na, und dann kommt noch eine typische Andy-Aktion: Er erklärt, dass er das Ganze irgendwie wiedergutmachen will. Und die Gage will er natürlich auch nicht haben.

Rob antwortet darauf mit lustigem Unterton:

»Ach Andy, kann jedem passieren. Du wärst der erste Pianist, der nicht mal blau vom Hocker gefallen wäre. Und wir sind alle der Meinung, dass du deinen Anteil bekommen solltest. Dem Publikum hat deine kleine Showeinlage nämlich super gefallen.«

Schöner schwarzer Humor. Nach diesem Satz lachen alle aus Erleichterung. Nur Andy nicht, dem ist alles viel zu laut und viel zu hell. Zur Schmerzlinderung hat er sich für die Rückfahrt ein feuchtes, weißes Badetuch um den Kopf gewickelt, das er notgedrungen von der Pension hat mitgehen lassen. Der Anblick ist unvergesslich. Andy sieht mit dem Turban aus wie ein Geist aus der Flasche, der allerdings nicht einmal mehr in der Lage ist, sich selbst Wünsche zu erfüllen.

Voodoo

Nach seinem Bühnensturz sucht Andy dringend Erholung und Zerstreuung. Wie ein Zeichen der Vorsehung erreicht ihn der Anruf eines guten Freundes, der im Auftrag einer Konzertagentur gerade zwei Bluesmusiker bei ihren Auftritten begleitet und betreut. Er schlägt ihm vor, sich mit ihm und den beiden Musikern vorab am Heidelberger Bahnhof zu treffen und bei deren Auftritten dabei zu sein. Ihm könnte nichts Besseres passieren, denkt Andy, und sagt dankbar zu. Das ist genau das, was er jetzt braucht. Luftveränderung und richtig dufte Musik.

Am nächsten Wochenende fährt Andy ganz gemütlich und in aller Ruhe die dreihundert Kilometer nach Heidelberg, um die afroamerikanischen Bluesmusiker Jay Minredy und Doc Mitcherfield live zu erleben. Er stellt sein Auto am sogenannten »Hauptbahnhof« ab, der aber weit hinter den mit der Bezeichnung verbundenen Erwartungen zurückbleibt: nicht nur von der Größe, sondern auch von seiner Lage her, weit außerhalb der malerischen Altstadt.

Andys Freund ist bereits mit dem US-Musiker Doc Mitcherfield, einer agilen One-Man-Band, am Bahnhof angekommen, und alle begrüßen sich herzlich. Bluesmusiker unter sich. Doc Mitcherfield ist Mitte fünfzig, singt und begleitet sich an der Gitarre, spielt Harp und Schlagzeug. Und er hat das, was man braucht und was so schwierig zu erwerben ist: diesen unbeschreiblichen Soul. Das, was einem schon beim ersten Ton das Herz öffnet. Er wird das Konzert eröffnen.

Der zweite Top Act des Festivals wird der Auftritt des Bluesgitarristen und Sängers Jay Minredy sein. Ihn wollen sie dann am Gleis 3 in Empfang nehmen. Sie stehen also pünktlich auf dem Bahnsteig. Der Intercity besteht bekanntlich aus unendlich vielen Wagen, ist ewig lang, und keiner weiß natürlich, wo am Gleis Mr. Minredy genau aussteigen wird. Keiner bis auf einen: Doc Mitcherfield stellt sich an eine ganz bestimmte Stelle des Bahnsteigs, deutet mit dem Zeigefinger auf den Boden und stellt voller Überzeugung fest: »It's exactly here, where he'll get off the train. No doubt, oh no, no. And it's exactly here, where I'll be waitin'!« (»Genau hier wird er aus dem Zug aussteigen. Kein Zweifel, ganz bestimmt nicht. Und genau hier werde ich warten!«)

Der Zug fährt ein, eine Wagentür hält genau vor Doc Mitcherfield und … Jay Minredy steigt aus. Andy und sein Freund sind natürlich baff. Das kann doch nicht mit rechten Dingen zugehen?! Voodoo in Heidelberg. Aber erst einmal nehmen alle Jay gebührend in Empfang, nebst Tasche und Gitarrenkoffer.

Um noch eins oben draufzusetzen, bietet Doc Mitcherfield allen dreien eine Wette für einhundert Dollar an. Er deutet auf den drei Gleise weiter entfernt stehenden Personenzug. Wenn sie nur für einen Augenblick die Augen schlössen und dann wieder aufmachten – so sein Wettangebot – säße er auf dem Dach des Zuges.

Jay winkt sofort ab, er scheint diesen Zauber nicht zu mögen. Zur Wettannahme kommt es aber auch bei Andy und dem Road-Manager nicht, weil beiden der Wetteinsatz zu hoch ist. Sie haben allerdings auch die Befürchtung, dass Doc Mitcherfield, wenn sie die Augen schließen würden, unvermittelt und pfeilschnell wie ein Wiesel über die Gleise hüpfen würde, um an dem Waggon hochzuklettern. Oder er hätte sich tatsächlich auf den Waggon »gevoodoot«, da sind sich beide fast sicher.

Später haben sie es doch bereut, nicht auf die Wette eingegangen zu sein – auch mit dem Risiko, möglicherweise einhundert Dollar verloren zu haben. Beide wären zwar ärmer gewesen, aber doch an Erfahrung und um eine weitere abstruse Geschichte reicher.

Alle vier fahren mit Andys Renault 4 in ein kleines Hotel in der Nähe der Heidelberger Altstadt. Während sich die drei anderen vor dem Konzert noch etwas erholen wollen, erkundet Andy die hübsche Stadt, die, wie durch ein Wunder, kaum Kriegsschäden davongetragen hat.

Zwei Stunden vor Konzertbeginn haben sich der Roadmanager und Andy am Veranstaltungsort verabredet. Sie gehen mit den beiden Musikern in die Garderobe, wo es noch ein paar Häppchen zu essen und etwas zu trinken gibt. Andy führt mit beiden Musikern gute Gespräche über den Blues und natürlich über Gott und die Welt. Dabei erzählt ihm Doc Mitcherfield, dass er weder isst noch schläft, dieses Manko aber mit dem Genuss von literweise Kaffee mit viel Zucker, verteilt über den Tag, ausgleichen könne. Andy weiß nicht genau, ob er das glauben soll, hält aber nach dem Zauber am Gleis des Hauptbahnhofs prinzipiell alles für möglich. Doc Mitcherfield kann andere mit seinen Worten und seinen tiefen Blicken in seinen Bann ziehen und beeindrucken, das ist offensichtlich. Und er ruht ganz gelassen in sich. Eine beeindruckende Begegnung, die Andy nie vergessen wird. Sie haben sogar eine Gemeinsamkeit festgestellt: Bei beiden reicht das Geld nicht, auch Doc muss in Michigan einem normalen Job nachgehen.

Plötzlich kommt, ohne vorher anzuklopfen, der Hausmeister in die Garderobe, sieht Jay Minredy auf dem Stuhl sitzen, haut ihm einfach wie einem guten, alten Kumpel von hinten auf die Schulter und sagt zu ihm: »Hey, man! Tonight women, fuckin', drinkin'?!«

Jay ist merklich konsterniert über diese Beleidigung, bleibt aber gelassen und antwortet nach einer gefühlten Ewigkeit: »Listen, I' m not that kind of man!« (»Hör mal genau zu, so ein Mensch bin ich nicht!«). Er würdigt dabei den Hausmeister keines Blickes. Dieser hatte sicher geglaubt, er hätte gerade einen tollen Gag gelandet und alle Anwesenden würden lachen. Aber dem ist nicht so. Alle schweigen und schütteln nur mit dem Kopf. Jay ist ein gebildeter, kultivierter Künstler und obendrein ein tiefgläubiger Mensch, der gerade vor seinen Auftritten das Gebet sucht, um so seine Konzentration zu vertiefen.

Andy fragt den Hausmeister rhetorisch: »Würdest du das eigentlich zu deinem Vater auch sagen?«

Der Hausmeister guckt daraufhin ganz verdattert und zieht es vor, wortlos den Raum zu verlassen. Keiner weiß, was er dort eigentlich wollte. Vielleicht hat er nur eine Bestätigung für seine Vorurteile gesucht, stattdessen wurde es eine Lehrstunde für ihn.

Andy muss an einen ähnlichen Vorfall denken, als er nach einem Konzert mit einem ganz großen afroamerikanischen Bluesman und anderen Musikern in einem Club noch einen Drink nehmen wollte. Der Türsteher hat sie aber nicht eintreten lassen, weil sie mit ihm einen Afroamerikaner dabei hatten. Andy hat sich für diesen Vorfall geschämt. Nur der Künstler hat gelassen auf das Ereignis reagiert. Solchen Situationen weicht er instinktiv aus, das scheint bei ihm sehr tief zu sitzen. Was für ein Unterschied zur Bühne, wo er als Star von seinem Publikum begeistert gefeiert wird. Immerhin hat sich der Chef des Clubs für das Verhalten des Türstehers bei dem Musiker entschuldigt, als er von diesem Vorfall erfuhr. Der Künstler und seine Freunde haben dann noch ein anderes Lokal gefunden, in das sie wie gewohnt einkehren konnten. Und sie haben den großen Bluesman in Höchstform erleben dürfen, der ihnen eine witzige Geschichte nach der anderen erzählte. Genauso wie auf der Bühne. Andy aber hat schon bemerken müssen, dass er an seinem amerikanischen Englisch noch arbeiten muss. Der Südstaaten-Akzent hat es ganz schön in sich.

Andy geht mit seinem Freund und den beiden Bluesstars Jay Minredy und Doc Mitcherfield in den kleinen Raum direkt hinter der Bühne Von hier aus können sie alles gut überblicken, werden aber vom Publikum nicht gesehen. Die Halle ist ausverkauft. Fünfhundert Zuhörer warten auf den Beginn der Show. Auf der Bühne stehen schon sein Schlagzeug, die Gitarre und das Gesangsmikro sowie ein Stuhl für Doc Mitcherfield bereit, der den Abend eröffnen wird.

Nach einer kurzen Ansage des Veranstalters geht Doc Mitcherfield ganz ruhig und gemächlichen Schrittes Richtung Bühne. Andy hört, wie ein donnernder Applaus aufbrandet, als ihn das Publikum erblickt. Die Bühnenpräsenz von Doc Mitcherfield ist enorm. Er setzt sich auf seinen Stuhl, tritt zweimal kurz die Bassdrum und hängt sich die Halterung mit der Mundharmonika um. Als er fertig ist, sagt er nur kurz »You're allright! Lord have mercy now!« Er beginnt zum Eingrooven mit einem langsamen Titel, in dem sich Gesang und Harmonika abwechseln. Das Publikum ist sofort von der Musik dieser agilen One-Man-Band gefesselt. Als zweiten Titel spielt Doc Mitcherfield »Good Feelin'«, einen handfesten Boogie mit Gitarrenbegleitung und Schlagzeug. Spätestens jetzt hat er alle in seinen Bann gezogen. Und weiter geht's mit »Hometown Memphis« und anderen Titeln. Nach fünfzig Minuten wird der Musiker erst nach einigen Zugaben entlassen. Nach seinem Job kehrt er in den kleinen Bühnenraum zurück, wo Andy und sein Freund ihm applaudieren. Irgendeine Beanspruchung ist ihm nicht anzumerken. Er ist wie immer, ruhig und zurückgezogen und so wunderbar unangestrengt. Er belohnt sich mit einem großen Kaffee mit extra viel Zucker.

Jay Minredy ist der nächste. Er hat sich vor dem Auftritt ganz in sich zurückgezogen und meditiert. Er wird angesagt und geht mit seiner Gitarre auf die Bühne. Seinen Auftritt beginnt er mit dem rhythmischen Blues »Twenty Dirty Rascals«, so richtig zum Mitklatschen. Es ist schon erstaunlich, wie Jay Minredy allein mit Gesang und Gitarre sein Publikum mitreißt. Darunter sind auch Titel, da meint man, er sei ins Rock- oder gar ins Heavy-Metal-Fach abgedriftet. Nicht nur wegen der enormen Lautstärke, sondern auch wegen der harten Akkorde und seiner durchdringenden Stimme. Nach einer guten Stunde hat Jay seinen Auftritt beendet, aber erst nachdem er mehrere Zugaben geben musste. Er kommt vollgepumpt mit Adrenalin zurück in den kleinen Bühnenraum und wird von Andy und seinem Freund abgeklatscht. Es gibt jetzt eine Pause und die beiden Matadore des Blues müssen den Raum verlassen, weil die nächsten Acts schon hereindrängen.

Andy wird die Tour der beiden Musiker noch etwas begleiten. Ein paar Tage später kommt sein Freund mit Doc Mitcherfield bei ihm zu Hause vorbei. Das wiederum ist ein besonderes Erlebnis für Doc Mitcherfield. Er ist zum ersten Mal bei einem »Weißen« zu Hause eingeladen, wie er später feststellt. Während private Einladungen an afroamerikanische Musiker für Andy und seinen Freund ganz natürlich sind, wird sie von Doc Mitcherfield als außerordentlich wertschätzend wahrgenommen.

Ein paar Wochen danach ist Andy ganz privat mit dem ebenfalls afroamerikanischen Boogie-Pianisten »Big Fellow« Kinney aus Alabama verabredet, der sogar noch den berühmten Pianisten Pete Johnson live erlebt hat. »Big Fellow« und Andy tauschen sich lange über Blues- und Boogie-Figuren am Piano aus. Der sechzigjährige Profi liebt es, mit jungen Pianisten über die Musik zu philosophieren und ihnen etwas beibringen zu können. Und so spielen sich »Big Fellow« und Andy gegenseitig ein paar Titel vor und fachsimpeln bis ins kleinste Detail. Die Zeit vergeht für beide wie im Fluge.

Am Ende der kleinen Session fällt Andy die Bibel von »Big Fellow« auf, die aufgeschlagen auf dem Tisch liegt. Die Seiten sind voll mit farbigen Markierungen. Dann kommt es auf Englisch zu folgender Konversation:

»Fellow, willst du mir sagen, was diese Unterstreichungen bedeuten?«, fragt Andy interessiert.

»Andy, ich habe schon vor längerer Zeit angefangen, die

Bibel von vorne bis hinten durchzulesen, Wort für Wort. Ich kann allerdings nicht so schnell lesen und habe auch nicht so viel Zeit.«

»Da hast du dir aber viel vorgenommen! Du liest also alles: das Alte und das Neue Testament?«

»Big Fellow« nimmt das Buch und tippt auf die Seite, bis zu der er schon gekommen ist: »Ja, beide Testamente. Hier, sieh hin, ich habe es schon so weit geschafft.« Das entspricht etwa einem Drittel der Heiligen Schrift, schätzt Andy.

»Was erwartest du dir davon?«, fragt Andy.

»Ich suche eine Stelle, in der drinsteht, dass Gott das Blues- und Boogie-Spielen verboten hat.«

»Und was hast du bisher herausgefunden?«

»Ganz einfach. Bis jetzt habe ich keine einzige Stelle gefunden, nach der Blues und Boogie verboten sind. Meine Eltern und vor allem mein Onkel, der Priester war, haben das behauptet. Und ich will endlich wissen, ob das stimmt. Bisher habe ich nichts gefunden.«

»Und was wäre, wenn du so ein Verbot finden würdest?«

Fellow antwortet: »Dann wüsste ich immerhin, dass meine Verwandten recht hatten. Aber ich würde natürlich trotzdem weiterspielen, davon lebe ich ja. In unserem Haus stand ein Klavier, und ich habe als kleiner Junge schon angefangen, Blues darauf zu üben. Das hat mein Onkel einmal mitgekriegt und mir den Hintern versohlt. Er hat gesagt, dass Gott diese Musik verboten hat und es sogar Musik des Teufels ist. Meine Eltern haben mir dann untersagt, jemals wieder auf dem Klavier Blues oder Boogie zu spielen. Das habe ich natürlich trotzdem gemacht, also wenn sie weg waren. Manchmal haben sie mich dann doch erwischt, und es setzte wieder eine Tracht Prügel.«

»Aber Fellow, als die Bibel geschrieben wurde, hat es doch noch gar keinen Blues oder Boogie gegeben. Wie hätte Gott das verbieten sollen?«

»Ich weiß, aber es muss ja nicht wortwörtlich drinstehen. Es kann ja sein, dass Gott es anders formuliert hat, also vielleicht von wilder Musik spricht. Ich markiere alles, wo es um Musik geht. Aber auch dazu habe ich bislang nichts gefunden. Und solange ich nichts anderes entdecke, glaube ich nicht, dass Gott das Bluesspielen untersagt hat, und ich kann ein reines Gewissen haben.«

Andy findet nach diesen religionstheoretischen Erörterungen den pragmatischen Ansatz von »Big Fellow« nachvollziehbar. Er vermutet, dass »Big Fellow« absichtlich sehr langsam liest, weil er sich davor fürchtet, doch noch auf eine Stelle zu stoßen, die seinem Onkel recht gibt. Jedenfalls hat er heute ein reines Gewissen, und bei seinem Lesetempo wird es wohl auch dabei bleiben. Andy drückt »Big Fellow« jedenfalls ganz fest beide Daumen.

Kaum ein Job ohne Cop

Andy tritt mit unterschiedlichen Formationen auch bei großen Musikevents auf, bei denen Bands auf mehreren Bühnen gleichzeitig spielen. So wird dem Publikum viele Stunden lang Musik unterschiedlicher Stilrichtungen nonstop geboten. Die Gäste entscheiden anhand des Programms selbst, welche Band sie wann erleben möchten. An vielen Ständen erwartet die Besucher eine große Auswahl an Speisen und Getränken.

Andy spielt heute endlich einmal wieder mit anderen Pianisten an zwei Klavieren auf einer Bühne, was reißerisch als »Boogie-Fights« beworben wird.

Andy holt Anja wie verabredet in Heiden ab und fährt mit ihr am Nachmittag zur Musik-Location nach Bielefeld. Die Reise ist kurzweilig, beide unterhalten sich über Gott und die Welt. Natürlich auch über die Fortschritte, die Anja am Piano macht. Andy ist immer noch überrascht, dass er bei einer Akademikerin aus »ordentlichem Hause« so gut ankommt und auch ihre Mutter so nett zu ihm ist. Das ist für ihn eine neue, schöne Erfahrung, die ihm guttut. Sofies Mutter wollte oder konnte ihn als Musiker nicht akzeptieren, was sie ihn indirekt auch spüren ließ. Zu Anjas Mutter hat er schnell einen guten Draht gefunden.

Andy hält vor dem Eingang der Veranstaltungshalle, um sich erst einmal zu orientieren. Kaum ist er aus dem Wagen ausgestiegen, da ruft es schon von hinten, in scharfem Kasernenton: »Hier können Sie aber nicht stehen bleiben! Absolutes Halteverbot!« Andy dreht sich um und schaut in die verkniffenen Augen eines fettleibigen Streifenpolizisten mit Schnauzbart, offenbar Marke Hundertfünfzigprozentig.

»Tut mir leid, Herr Kommissar, habe ich nicht gesehen. Ich muss nur für eine Veranstaltung hier gleich Material anliefern und …« »Und hier ist trotzdem absolutes Halteverbot, das kostet dann zwanzig D-Mark«, sagt der Polizist. »Aber ich bin doch sofort weg …«, wendet Andy ein.

Der Streifenpolizist lässt sich nicht erweichen, kontrolliert Fahrzeugpapiere und Führerschein, kassiert das Bußgeld und will dann auch noch das Warndreieck sehen. Dazu muss Andy ohnehin das halbe Auto ausladen, denn es liegt unter dem kleinen Transport-Rollwagen.

»Hören Sie, Mann, das Warndreieck müssen Sie immer griffbereit haben! Was meinen Sie, wenn Sie einen Unfall haben, da müssen Sie es sofort zur Hand nehmen können. Wenn Sie das dann nicht können, kann es teuer werden«, insistiert der Polizist. »Okay, Chef, danke für den Tipp … bin dann sofort weg.«

Zum Glück beobachtet eine aufmerksame Mitarbeiterin des Veranstalters die Szene, kommt herbeigelaufen und beschreibt Andy den Weg zum Parkplatz, wo er sein Fahrzeug problemlos abstellen und entladen kann.

Andy setzt sich zu Anja ins Auto, die meint: »Das ist aber ein scharfer Hund, bloß gut, dass du so ruhig geblieben bist.« Andy fährt an, da trällert hinter ihm eine Pfeife. »Was ist denn jetzt schon wieder?«, fragt Anja leicht genervt.

Andy stoppt und sieht im Rückspiegel den Streifenpolizisten heraneilen. Er befürchtet, dass jetzt der zweite Akt des Staatstheaters aufgeführt werden soll, und öffnet bereitwillig sein Seitenfenster.

»Na? Was haben wir denn vergessen?«, will das Auge des Gesetzes wissen.

»Wir haben nichts vergessen, Herr Kommissar, ich habe alles brav wieder eingepackt«, antwortet Andy frech und jetzt auch genervt.

»Das meine ich nicht! Was macht man denn beim Anfahren?«

»Aufpassen, ob jemand von hinten kommt, Herr Wachtmeister …, oder? Hab ich!«

»Das auch, Mann, aber vor allem: in Fahrtrichtung blinken, schon mal davon gehört?!«

»Jawoll, Herr Kommissar.«

»Damit Sie sich besser daran erinnern können: Das macht dann nochmal zehn D-Mark. Ich stell´ gern noch 'ne Quittung aus.«

Jetzt schaltet sich Anja ein, schaut mit ihrem unnachahmlich bezaubernden Augenaufschlag vom Beifahrersitz aus zu ihm herüber und säuselt mit betont zuckersüßer Stimme: »Ach, lieber Herr Wachtmeister, seien Sie doch bitte nicht so streng mit uns. Wir haben doch nur ganz wenig Geld und wollen es auch nie, nie wieder machen, versprochen. Ich passe auch auf meinen Fahrer auf!«

»Oh, junge Dame, ich habe Sie gar nicht bemerkt, hinter dem ganzen Gerümpel«, wechselt der Uniformierte in einen geradezu freundlichen Ton. Anja schaut ihn noch eine ganze Weile mit hypnotisierendem Blick an – wie die

Schlange Kaa aus dem Film »Dschungelbuch«: »Vertraue mir …« Der Zauber wirkt.

»Wissen Sie was«, lenkt der Polizist ein, »weil Sie so nett und einsichtig sind, ist heute Ihr Glückstag. Wenn Ihr Herzblatt es schafft, innerhalb der nächsten zehn Sekunden mit Betätigung des Fahrtrichtungsanzeigers wegzufahren, drücke ich ein Auge zu. Die Zeit läuft.«

Das lässt Andy sich nicht zweimal sagen, führt dem Polizisten einen links blinkenden Kavalierstart à la Renault 4 vor und verschwindet mit Karacho rechts um die nächste Kurve. Beim Abbiegen blinkt er absichtlich nicht, aber der Polizist wird ihn nicht einholen können. Die Rache des kleinen Mannes.

»Ihr Herzblatt! Ich passe auf ihn auf«, zitiert Andy den Ordnungshüter sowie Anja und muss herzhaft lachen. »Wie hast du das denn hinbekommen, mir ist so was noch nie gelungen!«

»Das sind die Waffen einer Frau, Andy, das verstehst du nicht.«

»Das wird's sein, Anja. Das wird's sein! Schön, dass du heute auf mich aufpasst«, sagt Andy vergnügt.

»Keine Ursache, auf euch Musiker muss man halt aufpassen, damit ihr die richtigen Töne trefft!«

»Gut, dass du da bist, dann kann ja nix mehr schiefgehen. Und jetzt machen wir zwei uns einen schönen Abend.«

Andy stellt seinen Luxusschlitten wie vom Veranstalter vorgesehen ab, birgt seine Sachen aus dem Wust im Kofferraum und betritt mit Anja den Nebeneingang für Musiker. Hier erhalten die beiden ihre Festivalausweise, die sie von jetzt an an einem Halsband tragen müssen. Für Anja ist es das erste Mal, dass sie hinter die Kulissen eines großen

Musikfestivals blicken kann. Sie ist beeindruckt von den vielen Bands, die auf dem Plakat des Festivals angekündigt sind und auf insgesamt fünf Bühnen auftreten werden. Diese sind in dem gesamten riesigen Komplex über drei Etagen verteilt.

»Schau mal, Andy, das sind doch um die zwanzig Bands, die hier heute auftreten. Das ist doch eine Wahnsinnslogistik, die da dahintersteckt! Guck mal, es spielt sogar dieser Paul Kuhn mit seiner Band. Macht der denn Jazz? Ich dachte, das wäre ein Schlagersänger!«

»Was ›Paulchen‹ Kuhn betrifft, ist der schon immer Jazzer gewesen, aber sein Geld hat er halt mit Schlagern verdient. Und da ist er nicht der Einzige. Bei Udo Jürgens ist das auch so. Den habe ich mal mit seiner Band in kleinem Rahmen als Jazzer erlebt. Das hatte mit ›Merci Chéri‹ nichts zu tun …«

Da brüllt es von hinten: »Hey Andy, mit neuer Flamme?!« Es ist »Mütze«, der Assistent vom Chefmanager der Halle mit seiner Entourage, der dieses Event verantwortlich durchführt.

»Hi Mütze, schön dich zu sehen, alles roger?!«

»Klaro, und wer ist deine Kleene?«

»Die Kleene ist Anja«, sagt Anja, »und sie kann schon selbst sprechen! Und in Flammen steht sie auch nicht!«

»Boa, Anja, echt frech, das gefällt mir! Andy, es läuft alles wie immer heute. Du kriegst gleich die Dispo (Ablaufplan) für den Abend. Hab euch in der Glotze gesehen, Andy, echt stark! Bis später mal!«

»Der findet sich aber ganz toll, Andy, oder?«, fragt Anja. »Tja; aber du hast ihn ganz schön auflaufen lassen, Kompliment!«, lobt sie Andy.

Für alle Musiker sind Umkleide- bzw. Cateringräume eingerichtet. Es gibt in dieser Halle immer dasselbe zu essen: »Erbseneintopf«, ohne alles. Andy kann es schon nicht mehr sehen. Dafür werden aber Getränke ohne Limit gestellt. »Mütze« weiß, worauf es bei Musikern wirklich ankommt, denkt Andy ironisch, aber sagt es Anja lieber nicht weiter. Die kulinarischen Spezialitäten fürs Publikum in den Hallen sind für Musiker tabu, es sei denn, sie zahlen dafür an den Ständen in bar.

Natürlich kommt es in den Pausen zu Begegnungen mit anderen Musikern. Andy kennt die meisten zumindest vom Sehen. Vom Smalltalk bis zu Tipps oder gemeinsamen Planungen – es geht hier zu wie an der Börse. Klar gibt es auch Konkurrenz um die besten Jobs, aber es herrscht doch überwiegend eine gute Solidarität unter den Musikern.

»Hey Andy«, ruft es von hinten. Es ist sein Pianopartner, mit dem er auch den Fernsehjob absolviert hat. »Na, alles wieder abgeschminkt? Und du musst Anja sein, richtig?«

»Ja, richtig. Das ist witzig, jemanden wie dich im Fernsehen spielen zu sehen und jetzt leibhaftig vor mir stehen zu haben«, sagt Anja.

»Und was meinst du, wie ich mich gewundert habe, mit Andy auf einmal im Fernsehen aufzutreten! Und was machst du so, außer den Klavierstunden?«

»Oh, du bist ja gut informiert. Ja, der Andy ist mein Klavierlehrer. Ich habe ihn gefragt, ob er mir ein bisschen Bluessachen zeigen kann. Ich will mal Juristin werden, aber das dauert noch …«

»Und ich habe als Klavierlehrer ›Ja‹ gesagt. Anja wird die neue Cleo Brown, passt mal auf!«, sagt Andy mit einem Augenzwinkern.

»Wer ist denn Cleo Brown?«, will Anja wissen.

»Eine amerikanische Pianistin, die Boogie-Woogie spielt. Eine echte ›Queen of Ivory‹, sagt Andy.

»Dann kann ja aus mir auch noch was werden!«, meint Anja.

»Ganz bestimmt, Anja. Du wirst unsere Königin des Elfenbeins, ganz sicher!«, sagt Andy, und sein Partner nickt zustimmend. »Die beiden anderen Pianisten heute Abend spielen auch Boogie und singen dazu. Mit denen müssen wir uns noch abstimmen. Das kriegen wir schon hin ...«

Die Kollegialität unter Musikern ist auch groß, wenn es zum Beispiel um die Abstimmung von Bühnenzeiten geht oder darum, mal auszuhelfen, wenn einem Musiker ein Verstärker oder ein Kabel etc. kaputtgeht.

Der Helfer des Veranstalters erscheint und gibt den Musikern die Liste mit allen Auftrittszeiten der Bands. Andy studiert sie genau und markiert darauf, wann er wo mit den anderen Pianisten auftreten muss. Zwischen den Spielzeiten hat er dann Gelegenheit, mit Anja den anderen Bands zuzuhören.

Manchmal erscheinen ziemlich verwegene Gestalten im Cateringraum. An diesem Abend ist es der Perkussionist einer Calypso-Band. Ein hochgewachsener junger Kerl, Anfang zwanzig, genannt Berndie. Ob er wirklich so heißt, weiß keiner. Er setzt sich an den Tisch zu den Musikern und Anja. Es entwickelt sich ein nettes Gespräch. Ganz beiläufig kommt er dann urplötzlich auf das Thema Jeansjacken zu sprechen.

»Leute, schaut mal, hier in der Tüte habe ich eine Superjeansjacke«, preist Berndie die Ware an und holt sie zum Rumzeigen heraus. »Klasse verarbeitet und echt günstig zu haben. Hab' ich ne Menge davon zu Hause, Restbestände aus einer Geschäftsauflösung. Ist natürlich eine Markenjeansjacke! Die gibt's bei mir nur heute zum Vorzugspreis von neununddreißig D-Mark, sogar mit Mengenrabatt. Hab' schon eine Menge davon verkauft, nicht mehr viel da.«

»Wie kannst du denn so einen Superpreis anbieten, Berndie? Willst du denn gar nichts verdienen?«, fragt ihn ein anderer Musiker.

»Ganz ehrlich, Leute. Ich verdiene so gut wie nichts daran. Ist totaler Zufall, dass ich da drangekommen bin. Habe natürlich sofort zugeschlagen.«

Während seines weiteren, etwas unbeholfenen Vortrags über die angeblichen Vorzüge der Jeansjacke wird Andy von seinem Pianopartner neben ihm mit dem Ellenbogen angestupst. Andy beugt sich zu ihm hinüber und der Kollege flüstert ihm ins Ohr: »Den Berndie kenne ich. Der hat sich mal teure Congas von einem Kollegen für einen Gig ausgeliehen, weil seine eigenen defekt waren. Die hat er aber dann nicht mehr zurückgegeben. Stattdessen hat sich herausgestellt, dass er die Congas einfach verkauft hat. Die Kohle hat er eingesteckt. Lass' bloß die Finger von dem … Die Jeansjacken sind bestimmt geklaut.«

Andy gibt diese Info sofort an Anja weiter. Als angehende Juristin will sie dem auf den Grund gehen: »Berndie, du hast doch gerade mal eine Jacke dabei. Ich wüsste doch gar nicht, ob mir irgendeine andere von dir passt.«

»Ach, das klappt schon, du gibst mir einfach deine Größe mit und … wenn die nicht passt, gibt's eben eine andere für dich.«

»Hast du denn verschiedene Größen mit?«

»Wo denkst du hin, kann doch heute nicht alle Jeansjacken mitschleppen!«

»Okay, verstehe ich ja. Wie soll das denn gehen, wenn ich eine haben will?«

»Ganz einfach, du gibst mir deine Größe und du bekommst sie. Kannst dich direkt in die Liste eintragen.«

»Das Geld gibt's aber erst dann, wenn ich sie habe!«, gibt Anja vor.

»Nö, ist ein Einheitspreis mit den neununddreißig D-Mark. Die bräuchte ich bei Bestellung sofort, heute. Du gibst mir deine Adresse, und ich schicke dir die Hose kostenfrei zu. Ist ja klar!«

Anja und Andy begreifen sofort, dass der Piano-Kollege mit seiner Warnung richtig liegt. Aber Anja muss aufpassen, was sie jetzt sagt, da sie ihn nicht offen als Betrüger bezeichnen kann: »Ist klar, Berndie. Habe das Geld leider nicht bei. Also bei mir ist da heute nichts zu holen. Aber du wirst schon noch Kundschaft finden.«

Berndie lächelt verlegen und fühlt sich ertappt. Bei den Leuten am Tisch ist er jedenfalls nicht erfolgreich, aber alle sind sich sicher, dass er noch ein paar Opfer finden wird, die er über den Tisch ziehen kann. Unverrichteter Dinge zieht sich Berndie zurück.

»Die Jacke, die er mithat, ist nie und nimmer eine Markenjeansjacke! Das sehe ich auf zehn Meter! Das Herstellersiegel ist gefälscht und aufgenäht worden, der Stoff ist billig«, sagt Anja und ist sich sehr sicher. Ein paar Monate später wird zufällig bekannt, dass Berndie eingebuchtet worden sein soll … wofür auch immer. Er ist nie wieder in der Szene aufgetaucht.

Andy schaut sich mit Anja einige Acts an und trifft kurz

vor dem ersten Auftritt seine Piano-Kollegen direkt an der Bühne. Sie sprechen kurz den Ablauf des Sets durch. Gemeinsam erleben sie noch die letzten Minuten der Show eines ihnen bislang unbekannten Sängers, der sich am Klavier selbst begleitet. Ihnen fällt auf, dass er zwar nur Begleit-Akkorde anschlagen kann, aber dafür ein gewiefter Entertainer ist, der das Publikum durch Showeinlagen, Witze und gekünstelte Ansagen bei Laune hält. Er verfolgt also das Konzept der Unterhaltungskunst. Es kommt zum Finale und er macht seine letzte Ansage:

»Na Leute, jetzt komme ich zum Schluss! Es gibt doch bestimmt noch einen Wunschtitel, den ihr gerne hören würdet, oder? Ruft ihn mir einfach zu und ich spiele jeden Titel, den ihr wollt! Also, los dann … ich höre!«

Aus dem Publikum werden ihm ein paar Titel zugerufen: »Maybelline«, »La Cucaracha«, »Schöne Maid«, »Honky Tonk Woman«, »My Dingeling« …!

»Okay, okay, danke! Also, ihr wollt noch einmal »New York, New York« hören – super Auswahl, los geht's!«

Sehr geschickt, denken die Kollegen. Er kann keines der gewünschten Stücke spielen. In seiner Verlegenheit tut er so, als hätte sich jemand »New York, New York« gewünscht, und spielt es halt. Dem Publikum jedenfalls scheint es egal zu sein. Fast alle grölen diesen bekannten Titel in Gassenhauer-Manier begeistert mit.

Die Pianisten bereiten jetzt ihren Auftritt vor und stellen sich die beiden Klaviere in einem bestimmten Abstand voneinander V-förmig auf, sodass sie Rücken an Rücken sitzen.

Da taucht plötzlich der hektische Hans Dampf in allen Gassen, »Mütze«, wieder auf: »Leute, Leute, so geht das nicht. Ihr müsst die Pianos so stellen, dass ihr euch gegenübersitzt. Okay?!« Spricht's und fliegt wieder weiter.

Andy meint: »Ah, mal wieder der hektische ›Mütze‹. Also wir machen es wie immer und lassen alles so, wie es jetzt ist. ›Mütze‹ hat noch nie verstanden, warum wir die Klaviere so stellen, wie wir sie stellen. Wir können nun mal keine schnellen Pianisten-Wechsel an den Pianos machen, wenn sich die Klaviere gegenüberstehen. Der Weg um die Klaviere herum wäre viel zu lang, und durch Zuruf abstimmen könnten wir uns auch nicht so einfach.«

Alle Kollegen stimmen dem zu.

Nach einer kleinen Pause beginnen die vier Pianisten mit ihrem Auftritt. Sie spielen jeweils am Beginn der drei Sets ihre Soloparts. Jeder spielt sehr individuell. Den Höhepunkt bilden zum Ende eines jeden Sets die sogenannten »Boogie-Fights«. Die Pianisten spielen vier-, sechs- und am Ende sogar achthändig Boogie-Woogie an zwei Klavieren, jeweils zwei Musiker gemeinsam an einem Instrument. Die Finger fliegen irre schnell über die Tasten, die Musiker sitzen, stehen, hocken oder knien am Instrument. Irgendwann fliegt der Klavierhocker weg, und alle spielen stehend weiter. Sie wechseln dabei blitzschnell die Klaviere und die Partner.

Das Boogie-Spielen an zwei Klavieren haben die Pianisten nicht erfunden. Dies machten schon die drei stilbildenden Pianisten Albert Ammons, Meade Lux Lewis und Pete Johnson in den Dreißigerjahren in den Clubs der US-Metropolen. Der Hype dieser Musik heute geht auf das Konto der jungen Boogie-Pianisten-Szene in Europa, angeführt von den Stars Vince Weber und Axel Zwingenberger, die Andy neunzehnhundertsechsundsiebzig zum ersten Mal gehört hat.

Als Zugabe gibt es dann noch einen sog. »Rundlauf« an einem einzigen Klavier. Ein Pianist fängt alleine an, spielt etwa eine Minute, macht dann einen kurzen »Break«, und der nächste setzt sich ans Piano, spielt nahtlos das Stück weiter, bis dann der übernächste Pianospieler diesen ablöst usw. Sind alle vier Pianisten an der Reihe gewesen, geht es wieder von vorne los.

Gerade diese Artistik kommt bei den Musikfreunden immer besonders gut an. Dasselbe, wenn sie gleichzeitig zu viert mit acht Händen die Klaviere bearbeiten. Das Set endet mit einem tosenden Applaus des Publikums. Die Belohnung für die harte Arbeit an den Instrumenten.

Die Musiker müssen auch geschäftstüchtig sein. Nach dem Set stehen ihre Tonträger zum Verkauf. Es sind Pianisten zum Anfassen, die gerne den Menschen Rede und Antwort stehen und selbstverständlich Autogramme geben. Der Adrenalinpegel ist bei den Musikern so hoch, dass sie die körperliche und mentale Anstrengung gar nicht wahrnehmen.

In den Pausen auf der Boogie-Bühne hören Anja und Andy den anderen Bands zu. Anja will auf jeden Fall auch Paul Kuhn mit seinem Trio hören, das heute eine Sängerin begleiten soll.

Anja ist ganz begeistert und stellt fest: »Ich hätte nie gedacht, dass Paul Kuhn so toll Klavier spielt, ein richtiger Jazzer. Und diese Sängerin, einfach Spitzenklasse. Und mit welcher Ruhe der am Klavier sitzt und die schwierigsten Läufe so wie nebenbei auf die Tasten bringt. Mir gefällt das immer mehr! Das muss ich meinen Eltern erzählen, das glauben die nicht.«

»Finde ich auch, Anja. Er ist damit bei Weitem nicht der

Einzige. Ich weiß, dass beispielsweise auch der Schlagersänger Bill Ramsey vom Jazz kommt und eigentlich nie davon gelassen hat. Das wissen die wenigsten.«

Nach einem gelungenen Abend bei vollem Haus fährt Andy Anja zurück nach Heiden.

»Das war für mich spannend, zu sehen, wie ihr das macht. So zwei- bis achthändig an zwei Klavieren, da muss man bestimmt sehr gut eingespielt sein. Du musst doch hart dafür üben, oder?! Du bist recht vielseitig. Einesteils diese Band und jetzt diese Piano-Sachen. Das finde ich schon beeindruckend.«

»Bei uns heißt es immer im Spaß: Wer übt, betrügt seine Kollegen! Aber im Ernst, es ist sicher viel Erfahrung dabei. Mir fällt das gar nicht mehr so auf. Normalerweise werden wir auf dem eigenen Adrenalinspiegel durch den Abend getragen. Du musst eben immer alles geben, auch dann, wenn es dir mal nicht gutgeht. Zum Beispiel, weil gerade ein Freund gestorben ist. Du musst das beim Auftritt professionell ausblenden können.« Anja wird über diese Diskrepanz zwischen Wahrnehmung und Wirklichkeit noch länger nachdenken müssen.

Andy begleitet Anja noch vor ihre blaue Tür und verabschiedet sich: »So, Anja, ich gehe ja jetzt in die Prüfungen an der Musikhochschule. Es wird zunehmend ernst. Ich habe mich schon aus vielen Sachen ausgeklinkt. Wenn ich durch bin, dann können wir auch regelmäßiger unsere Klavierstunden machen. Ich hoffe, du hast dafür Verständnis! Also ich gebe bis dahin zwar gerne noch Stunden, aber halt vorübergehend nicht so regelmäßig.«

»Sicher, Andy. Wer hätte da kein Verständnis, es geht schließlich um deine Zukunft. Ich drücke dir ganz fest die

Daumen. Und vielen Dank, dass du mich heute mitgenommen hast. Das war ganz wunderbar, und hinter der Bühne geht es geschäftig und lustig zugleich zu. Das war für mich ein spannender Blick hinter die Kulissen. Also, mach's gut und auf bald!«

»Ja, schön, dass du heute mit dabei gewesen bist. Auf bald! Wir sehen uns wieder. Ciao!«

Anja steht noch völlig unter dem Eindruck des Erlebten. Der ganze Tag war so aufregend und ereignisreich, dass sie alles schriftlich in ihrem Tagebuch festhalten wird. Darin wird auch dieser Satz stehen: »Mein Bluespiano-Lehrer Andy hat sich heute reizend um mich gekümmert, wenn er nicht gerade auftreten musste. Ich mag ihn sehr, er ist sooo süß ...«

Texthänger

Am Samstagabend steht der nächste Auftritt mit Andy und Rob als »Double Blues« an, der in einer großen, gemütlichen Kneipe in Düsseldorf stattfindet. Sie hat sogar eine Bühne, was bei Lokalen dieser Größenordnung eher eine Ausnahme darstellt. Zudem gibt es ein regelmäßiges Veranstaltungsprogramm mit Künstlern aus fast allen Bereichen. Bei den Gigs von »Double Blues«, die einmal im Jahr hier auftreten, sind die hundert verfügbaren Eintrittskarten schnell vergriffen.

Rob und Andy sind wie immer zwei Stunden vor dem Auftritt eingetroffen. Die Vorbereitungen laufen so wie gewohnt. Da kommt Rob mit besorgter Mine zu Andy und sagt:

»Du Andy, mal was anderes: Bei mir klemmt heute irgendwas unter meiner Kalotte. Ich hatte eine sehr anstrengende Woche und mir fallen gerade mal nur Fragmente der Songtexte ein, die ich gleich singen muss. Als wäre der Rest gelöscht!«

»Ach, gibt's doch gar nicht! Egal, dann besorgen wir uns einen Notenständer, auf den du die Texte zum Ablesen legen kannst«, schlägt Andy vor.

»Schön wär's«, Andy.

»Was ist denn jetzt nicht schön?«

»Die Texte liegen bei mir zu Hause und können da jetzt kleine Babys machen. Also im Klartext: Die habe ich zu Hause vergessen. Nur eines ist sicher: Was schiefgehen soll, geht auch schief!«

»Herrjemine … und improvisieren, so mit la, la, la oder ähnlich, geht das auch nicht?«

»Vergiss es, Andy!«

»Mir fällt da gerade ein, ich habe mal in einem Musiker-magazin gelesen, was in solchen Fällen helfen kann. Ziel ist es doch, die Blockade zu lösen. Und was fällt Musikern da ein: Alkohol! Zwei, drei harte Drinks, sich mit ein paar Witzen lockern, und ab geht die Luzi. Wie gefällt dir das, Rob?«

»Das hast du dir ausgedacht, oder?«

»Wie komme ich dazu?! Lass es uns doch wenigstens ver-suchen, Rob. Oder fällt dir was Besseres ein?«

»Naja, wenn du meinst …«

»Na klar, Rob. Also, … versuchen wir's!«

Die beiden gehen an die Theke, bekommen einen großen Whiskey-Flachmann und suchen mit einem Glas die kleine, aber ruhige Künstlergarderobe auf. Andy gießt das Whiskeyglas ein Drittel voll. Rob nimmt es und leert es in einem Zug.

»So, Rob, und jetzt der erste Musiker-Witz: Was sind ein-hundert Saxofone auf dem Meeresgrund?«

»Keine Ahnung«, … Rülps.

»Immerhin mal ein Anfang … ist die Top-Antwort«, meint Andy.

Den kannte Rob nicht und schüttet sich aus vor Lachen. Er trinkt das zweite Glas.

»Fertig, Rob? Dann die zweite Frage! Also: Wer hängt ständig mit ECHTEN Musikern rum?«

»Weiß nicht, Andy. Mädchen?«

»Nein, der Schlagzeuger!«

»Au Mann, der ist gut! Den darfst du aber nicht Mud erzählen!« Rob muss sich vor Lachen biegen, weil sein Zwerchfell so hüpft.

»Okay Rob, was macht der Text, schon zurück? Versuch's mal mit dem Text von Johnny B. Goode!«

»Go, Johnny, go, go.«

»Genau, und weiter …?«

»Down in … äähh. Warte, einen nehme ich noch.« Rob kippt das dritte Glas. »Brrrrrrrrrr… I' ll kill that cat!« Er muss sich kräftig schütteln.

Andy muss lachen und sagt: »Es ist halt amerikanischer Whiskey und nicht schottischer Whisky. Da musst du jetzt durch. So, letzter Versuch! Ein Gitarristen-Witz fehlt noch. Wie lautet die größte Lüge eines Gitarristen?«

»Keine Ahnung!«, antwortet Rob und giggelt alkoholbedingt schon etwas.

»Beim nächsten Song spiele ich kein Solo!«

»Hahaha, aufs Solo verzichten! Als Gitarrist! Ich fass' es nicht!«, amüsiert sich Rob prächtig und schlägt sich laut lachend auf die Schenkel. Andy hofft, dass sein Hirn so ausreichend belüftet sein sollte, um die Nische mit den Songtexten wiederzufinden.

»So, kleiner Freud. Jetzt also: Text von Johnny B. Goode! Mach mal!«

Rob versucht den Text zu singen: »Deep down … ähhähh …«

»Ja, du hast es …! Deep down …?!«, feuert Andy seinen besten Freund an.

Rob muss noch einmal rülpsen, konzentriert sich und sagt dann: »Deep down ... ähh ... Moment, ich hab's gleich! Deep down in Louisiana, close to New Orleans, Way back up in the woods, among the evergreens ...« Rob bringt tatsächlich alle Strophen fehlerfrei heraus und freut sich, dass die Texte zurück sind.

»Jau, du hast es, Rob! Alles wieder da. Es funktioniert! Es lebe das Musikermagazin!«

»Und es lebe der Whiskey, diese Marke merk' ich mir! Sollte es auf Krankenschein geben«, lallt Rob.

»Also, dann komm jetzt. Aber keinen weiteren Whiskey mehr, sonst fällst du mir noch von der Bühne.«

»Au Mann, danke, Andy!«

»Dafür sind Freunde ja da!«

Die Texte bei Rob laufen perfekt, und es wird ein famoser Auftritt. Die Marke des Whiskeys, der ihnen den Gig gerettet hat, wird sie als »Running Gag« fortan begleiten.

In der Pause setzt sich Andy an einen kleinen Tisch an der Bühne. Da können die Zuhörer auch Musikkassetten mit Songs der »Stompers« erwerben. Zu ihm setzt sich eine junge Frau, die, wie Andy vermutet, nur unwesentlich älter ist als er.

»Schön, dich zu treffen. Habe vom Kneipenchef Gerry schon viel über dich gehört. Du bist ja schwer aktiv in der Branche?!«

»Ich hoffe, was du gehört hast, war für dich erträglich?!«, antwortet Andy scherzhaft.

»Ja, natürlich. Ihr spielt ja jedes Jahr hier, und das schaffen nur ganz wenige Bands. Wie beliebt ihr seid, sieht man ja heute Abend ganz deutlich: Der Laden ist voll und ich wollte mir das gerne anhören. Ich mag diese Musikrichtung sehr.«

»Das freut mich natürlich. Ich bin aber erst auf dem Weg zum Berufsmusiker. Zurzeit muss ich mehr lernen, als ich gerade auftreten kann.«

»Was musst du denn noch lernen? Du kannst es doch!«, schmeichelt ihm das junge Mädchen und lächelt Andy dabei an.

»Weißt du«, antwortet er, »ich bin Anfang zwanzig. Mein Studium läuft noch, und ich mache eine Prüfung nach der anderen. Ich weiß noch nicht, ob ich von der Musik mal existieren kann, offen gesagt.« Andy sind die sicher nett gemeinten Komplimente gerade etwas peinlich und er will das Gespräch von seiner Person weglenken und witzelt deshalb: »Aber sag' du doch mal: Woran erkennt ein Bandmitglied sofort, dass es der Schlagzeuger ist, der an seine Hoteltür klopft?«

»Uups? Ist das eine von deinen Prüfungsfragen? Also, ich habe keine Ahnung!«, lacht das Mädchen.

»Die richtige Antwort ist: Das Klopfen wird schneller!«

Das Mädchen schaut Andy ratlos an und sagt: »Ganz ehrlich: Ich verstehe die Frage schon nicht!«

»Okay, sorry. Das ist so ein blöder Musiker-Witz. Der macht sich darüber lustig, dass manche Schlagzeuger den Takt nicht halten können. Wobei das nun mal deren Hauptjob ist.«

»Ach so, klar. Jetzt verstehe ich: Selbst beim Klopfen an die Hoteltür schafft er es nicht, den Takt zu halten! Alles klar. Der ist lustig, den muss ich mir merken!«

Die beiden unterhalten sich über die Musik, das Business, das Tonstudio, bis Andy wieder auf die Bühne muss.

Er hat den Eindruck gewonnen, dass er nicht der erste Musiker ist, mit dem die junge Frau intensiver gesprochen hat. Nur über sich selbst will sie nicht so viel verraten. Das kommt Andy merkwürdig vor, aber er denkt sich weiter nichts dabei.

In der nächsten Pause kommt das Mädchen erneut vorbei, und die beiden unterhalten sich auch über ein paar private Dinge. Andy glaubt inzwischen, dass sie für ihn mehr als bloßes Interesse empfindet. Er ist halt jung, also einem kleinen Flirt nie abgeneigt, und spielt gerne mit. Das ist dann schon der »zweite Kochtopf, der in seiner Küche brodelt«, wie ein US-amerikanischer Blueser das Techtelmechtel mit zwei Damen in seinen Texten umschreibt. Aber der Kochtopf hier brodelt eher auf ganz kleiner Flamme – an Anja wird sie so schnell nicht herankommen.

Andy geht an die Bar und bestellt beim netten Chef Gerry Getränke für Rob und sich. Der Chef sagt zu ihm:

»Andy, wir kennen uns ja schon länger, deshalb kleiner Hinweis von mir, so aus Verbundenheit. Ich mische mich sonst nicht ein. Aber ich will dir sagen, dass die Dame mit allen Wassern gewaschen ist. Es ist unglaublich, aber sie ist gerade mal fünfundzwanzig und hat vier Kinder von drei Musikern, die alle bei mir oder hier in der Gegend gespielt haben.«

»Oha, das ist ja mal eine Info. Hört man auch nicht häufig. Du meinst, die steht auf uns Musiker?«

»Ja, die steht auf Musiker. Dagegen ist ja nichts einzuwenden, aber ein Vater von einem der Kinder hat mir verraten, dass das ihr Geschäftsmodell sein soll, und er latzt monatlich an sie Unterhalt. Ihm hätte sie damals gesagt, sie würde die Pille nehmen, aber das Ergebnis zeugt doch vom Gegenteil. Sie würde halt von staatlicher Unterstützung leben und von den Alimenten, um es klar zu sagen.«

»Das hätte mir ja gerade noch gefehlt. So was hab' ich noch nie gehört!«

»Deshalb sage ich es dir ja. Du bist Anfang zwanzig. Da weiß man vieles, aber vielleicht noch nicht alles. Nix für ungut, Andy, ist deine Sache. Aber ich musste es dir einfach sagen.«

»Okay, danke Gerry, aber sie ist schon wirklich attraktiv. Das muss ich schon sagen … Da könnte ich glatt … schwach …«

»Genau, du könntest Vater Nummer Vier werden, wenn du willst … oder musst besonders aufpassen …«, sagt Gerry und grinst.

»Danke für den Tipp, Gerry. Das wäre fast schiefgegangen.« Aber das sagt er nur so dahin. Anja geht ihm schon nicht mehr aus dem Kopf. Er kann ihren nächsten Zug auf dem Schachbrett der Liebe kaum abwarten. Es ist regelmäßig die Dame, die auswählt; das hat er im Leben schon begriffen.

Andy und Rob spielen das dritte Set und die Zugaben. Danach gibt es für sie noch Erfrischungen, und das junge Mädchen gesellt sich ebenfalls dazu. Andy mag sie, in ihrer Art, ist aber auch vorsichtig geworden.

Da stößt Rob Andy an und sagt erstaunt: »Schau mal, Andy, wer da gerade kommt …«

»Das ist doch Harpy, das gibt's doch gar nicht! Mann, eine echte Überraschung!«

Harpy war Mitglied ihrer letzten Band, bevor sie dann die »Stompers« gegründet haben. Er hat diese Formation verlassen müssen, weil er alkoholkrank und drogensüchtig ist und einfach nicht mehr auftreten konnte.

Harpy humpelt zu Rob und Andy. Er hat inzwischen ein Mondgesicht, trägt einen Bauch über der im Bund viel zu engen, verschlissenen Jeans. Auch die alte, verwaschene Jeansjacke spannt auffällig. Die darauf prangenden politischen Botschaften sind lange aus der Zeit gefallen.

Harpy muss jetzt Mitte vierzig sein. Seine langen, ungewaschenen, graumelierten Haare hängen ihm vor den Augen. Erst als er sie hinter seine Ohren zurückstreicht, bemerken Rob und Andy die Spuren seiner Suchterkrankung, die sich als dünne Adern und rote Flecken überdeutlich in seinem Gesicht niedergeschlagen haben. Ein sogenannter »Berufsjugendlicher«, der nach Jahrzehnten noch immer nicht den Absprung in ein halbwegs geordnetes Leben geschafft hat.

Den ausdünstenden Alkoholgeruch kann jeder schon gegen den Wind wahrnehmen. Harpy ist krank, sein Körper ist angegriffen. Die Musiker möchten ihn am liebsten knuddeln und irgendwie in Behandlung bringen. Aber dagegen hat er sich schon immer mit Händen und Füßen gewehrt. Jetzt dürfte es zu spät sein. Ein Anblick, der Andy und Rob wie schon damals das Herz zerreißt.

Sie begrüßen ihn selbstverständlich, wie früher, mit einer herzlichen Umarmung. Sie mögen ihn unverändert als Mensch und Künstler. Harpy redet leise und verwaschen, sodass sie ihn kaum verstehen können: »Hi, ihr beiden, schön, dass ihr euch an mich erinnert.«

»Schön, dich zu sehen, Harpy. Wie kommst du denn hierher?«, fragt Andy, fürsorglich interessiert.

»Ach, ich wohne jetzt hier um die Ecke, da habe ich euer Plakat gesehen.«

»Wo wohnst du denn genau?«, will Rob wissen.

Harpy will zunächst nicht so recht raus mit der Sprache,

antwortet aber dann doch: »Das ist so eine Einrichtung. Da bin ich aber nicht freiwillig. Könnt ihr mich da nicht rausholen? Ich meine, wenn ich einen festen Job hätte, käme ich da bestimmt raus. Ich bin auch clean. Meine Harps habe ich dabei, ihr könnt' es gleich hören, wenn ich bei euch einsteige.«

Harpy deutet auf seine Mundharmonikas, Marke »Marine Band«. Er trägt sie wie immer jederzeit griffbereit an einer Art Patronengürtel um die Hüfte. Für jede Tonart eine andere. Die blank polierten, silbermetallenen Oberflächen der Harps reflektieren das bläuliche Scheinwerferlicht. Das löst in Rob und Andy sofort Erinnerungen an bessere Zeiten aus, als sie noch mit Harpy auf der Rampe standen. Er ist ein lebendes Buch der Bluesmusik, der aus dem Stand alle Fragen zur Geschichte dieses Stils und zu seinen Künstlern bis ins kleinste Detail beantworten könnte.

Rob erklärt ihm: »Das Konzert ist leider beendet, Harpy.«

»Das ist aber schade. Könnt' ihr mir vielleicht mit etwas Geld aushelfen. Ich habe Schulden, fünfzig D-Mark. Die werden mich verprügeln, wenn ich nicht zahle. Ihr kriegt's auch zurück.«

Andy und Rob verständigen sich nur kurz mit Blicken, und jeder gibt Harpy fünfundzwanzig D-Mark. Der freut sich darüber, auch wenn er es nicht zeigen kann. Rob begleitet Harpy nach draußen, während Andy weiter mit der jungen Dame redet. Sie wird jetzt doch deutlicher:

»Andy, ihr seid ja fremd hier. Wenn du mal eine Übernachtung brauchst, ich habe eine große Wohnung hier. Da ist genug Platz, wenn du mal magst. Gerne auch heute Abend, Ehrensache. Ich mag es Musiker, bei mir zu Gast zu haben!«

Andy ist nach dem Gespräch mit Gerry vorgewarnt und antwortet, ohne lügen zu müssen:

»Danke für das Angebot, aber ich muss gleich den Rob nach Hause fahren, weil der heute was getrunken hat. Ich bin also heute Cola-Kind. Aber wir spielen ja wieder hier, vielleicht dann …«

»Ja, vielleicht dann. Würde mich freuen. Hier ist meine Telefonnummer, wenn du zwischendurch mal in der Ecke bist. Ich muss dann auch … Bye… Ihr habt schön gespielt!«, verabschiedet sich das Mädchen, dem Andy ihre Enttäuschung anmerkt. Sie wirkt etwas geknickt und ein wenig beleidigt.

»Danke dir, alles Gute, bis dahin!«, ruft Andy ihr zu.

Nur ein paar Wochen nach dieser Begegnung erfahren Rob und Andy, dass Harpy nach einer Überdosis für ewig seinen Frieden gefunden hat. Die beiden nehmen zusammen mit vielen anderen Musikern an seiner Beisetzung teil. Ein typisches Musikerbegräbnis, mit viel Musik, vorgetragen von allen anwesenden Bluesern, die Harpy damit die letzte Ehre erweisen. Tatsächlich kommt etwas wie New-Orleans-Feeling auf, so wie Harpy es sich gewünscht hätte. Wo der Verstorbene betrauert und danach das Leben mit weltlicher Jazzmusik gefeiert wird. Das würde ihm gefallen haben. Vielleicht war er ja sogar dabei, wenn er – feierlich gekleidet, die glänzenden Harps um die Hüften geschnallt, vom großen Manitou aus – zuschauen durfte.

Rob kehrt in die Kneipe zurück.

»Ach Rob!«, sagt Andy kleinlaut. »Kleines Geständnis meinerseits: Also, das mit der Therapie für textvergessene Robs stand nirgendwo, das habe ich mir einfach ausgedacht. Tut mir leid, Rob, ich habe dich angelogen, sorry.

Not macht eben erfinderisch, und Glaube versetzt Berge. Ein Wunder, dass es tatsächlich geklappt hat.«

Rob fehlen die Worte, was äußerst selten vorkommt. Er braucht einige Augenblicke, bis er seine Sprache wiedergefunden hat: »Wie, Andy? Dann muss es Autosuggestion bei mir gewesen sein, der typische Placeboeffekt. Ich habe an die Whiskey-Witz-Methode wirklich geglaubt, und sie hat bei mir funktioniert. Ohne deinen Hinweis auf den angeblichen Artikel in der Musikerzeitschrift hätte ich das ja nie und nimmer gemacht. Mann, und als Psychiater komme ich da nicht drauf?! Ich bin alles andere als sauer auf dich, mein Lieber. Diese Methode schildere ich sofort in meinem nächsten Fachaufsatz, und zwar unter dem neuen Fachbegriff ›Andy-Suggestion‹.«

»Du bist also nicht sauer?«

»Ich bin alles Mögliche, aber das bestimmt nicht!«

»Also, Rob. Ich behaupte, wir haben bei dir gerade einen Voodoo-Zauber erlebt, wie ich seinerzeit mit Doc Mitcherfield. Es funktioniert, so oder so! Man muss nur selbst fest daran glauben«, vermute ich.

»Du musst mich aber jetzt nach Hause bringen. Ich lasse mein Auto lieber stehen. Bei Alkohol am Steuer hört selbst bei mir der Spaß auf.«

»Das geht leider nicht, Rob«, entgegnet Andy mit todernster Miene. »Ich habe ja dieses Mädchen kennengelernt und die hat mich für gleich zu sich eingeladen. Man soll ja seinen Nächsten lieben, solange er warm ist. Das mit dem Fahren hättest du mir wirklich früher sagen müssen!«

Rob ist überrascht und fassungslos: »Das kannst du aber nicht machen. Soll ich etwa jetzt im Auto campieren?!«, regt er sich auf.

»Wieso, du hast doch diese große Ladefläche in deinem Transit. Da habe sogar ich schon drauf geschlafen!«, sagt Andy.

»Ja, aber das war ja wohl was anderes!«, gibt Rob erzürnt zurück. »Das war doch, als du damals abgestürzt warst, oder? Jetzt bin ICH blau und du …«

»Reg dich ab, alter Freund«, unterbricht ihn Andy lachend. »Das war ein Scherz, natürlich fahre ich dich heim. Diese junge Frau ist nach Gerrys deutlicher Wahrnehmung äußerst fruchtbar und sucht für ihr nächstes Kind, das fünfte (!), einen solventen Vater. Da ich nicht zahlungskräftig bin, komme ich dafür nicht in Frage. Das habe ich ihr so gesagt«, erklärt ihm Andy und lacht. »Und du kennst das vermutlich auch: Wenn man das Angebot einer Frau ablehnt, bist du bei ihr für immer erledigt. Also bin ich jetzt erledigt. Simple as that!«

Rob fegt Andy mit seiner flachen Hand sanft über seinen Hinterkopf und meint amüsiert: »Du bist ein Schelm, Andy. Allright, dann lass uns abhauen …«

Zum Umfallen komisch

Die »Boogie Stompers« sind über das Management erneut für eine Privatparty gebucht worden. Es ist diesmal ein vierzigster Geburtstag. Die Platzverhältnisse für eine Band sind ganz in Ordnung, denn gefeiert wird in einem ausreichend großen Reihenhaus. Die Partymeile erstreckt sich aber auch vor das Haus und in den Garten dahinter. Die Nachbarschaft ist aus strategischen Gründen mit eingeladen worden. Dies beugt Beschwerden vor.

Die komplette Band wird vor der Panoramascheibe des Wohnzimmers platziert. Vor allem für den Sänger der Band hat dies den Vorteil, stets in Augen- und Griffhöhe des vorbeidefilierenden »Flying Buffets« zu sein. Nicht ganz ungefährlich sind allerdings die vorbeischwebenden Tabletts mit vollen Bier-, Wein-, Sekt-, Cola- und Saftgläsern. Wenn auch nur der Gitarrenhals beim Spielen zu schnell bewegt wird, kann er die vollen Gläser ohne Weiteres in einem Streich abräumen. Deren Inhalt könnte sich dann auf die Instrumente ergießen. Die Musiker müssen also sehr umsichtig agieren. Schon im eigenen Interesse: denn klebrige Flüssigkeiten auf Schlagzeugen, Klaviertasten u. a. sind mehr als unangenehm.

Die Band spielt gerade einen Titel, als sich ein kleiner,

technisch interessierter Junge dem Schlagzeug von Mud nähert. Er ist von dem sich schnell bewegenden, Krach machenden Teil und natürlich von Mud dermaßen fasziniert, dass er es auch einmal selbst ausprobieren möchte. Strahlend steht er rechts neben Mud, greift schon in Richtung des etwas wackeligen, metallenen Beckenständers, schaut ihn freundlich an und quietscht fröhlich. Das kann gefährlich werden, wenn das schwere Becken umkippen und auf den Kleinen stürzen würde. Mud kann also gar nichts anders tun, als streng zu ihm zu sagen:

»Neiiiin ... nicht machen!«

Der Kleine lässt sich davon aber nicht beeindrucken, sodass Mud ihn mit der rechten Hand, in der sich sein Drum-Stick befindet, sanft wegschiebt. Ruckzuck schnappt sich der Lausebengel den Stick, verschwindet mit ihm in der Menge und freut sich:

»Piele, piele ...!«, ruft er und läuft mit seiner Eroberung stolz zu seinen Eltern.

Mud hat seinen Ersatz-Stick aus dem Halter gezogen und macht erst einmal weiter. Die Eltern ahnen, was passiert ist, nehmen dem Kind den Stick ab und bringen ihn Mud zurück. Der Junge verfolgt, wie ihm seine Eroberung entzogen wird. Damit ist er nicht einverstanden. Nun beginnt er neben Mud ein »Brüllheulen« das seinesgleichen sucht. Bevor ihm die Trommelfelle platzen, gibt er dem Kleinen den Stick zurück.

»Hier, kleiner Mann, der gehört jetzt dir!«, sagt Mud lächelnd. Sofort kehrt bei dem Kleinen wieder Ruhe ein. Aus dem Jungen könnte ein Politiker werden, denkt er. Die große Schnauze dafür hat er jedenfalls. Nur den Unterschied zwischen »Dein und Mein« sollte er noch lernen.

Die Eltern sagen pflichtgemäß zu Mud: »Aber, das müssen Sie doch nicht.«

»Lassen Sie mal!«, ruft Mud ihnen zu. »Der Stick ist sowieso schon abgespielt. Er soll ihn ruhig behalten. Aus ihm wird bestimmt mal ein prima Schlagzeuger, ganz sicher!«

Der Kleine ist jedenfalls selig, hat sein Geschenk noch fester umklammert als vorher und strahlt wie ein Honigkuchenpferd. Mud freut sich mit ihm. Er mag Lausebengel, ist ja selbst fast noch einer.

Kleine Gören und technisch interessierte Bengel neigen nicht nur dazu, die Instrumente zu betatschen, sondern – und da wird es schon gefährlich – auch die elektrischen Geräte inklusive der Stromverteiler sind nicht sicher vor ihnen. So süß Kinder sind, die Musiker müssen aufpassen. Ein Bandmitglied hat selbst in den Pausen stets ein wachsames Auge auf das Equipment. Eine echte Herausforderung, zumal solche Auftritte wie der heute unkalkulierbar lange dauern können, vier bis fünf Stunden ohne Auf- und Abbau sind keine Seltenheit. Dafür werden sie aber auch sehr gut vergütet.

Um die Musiker herum sausen mit fortschreitendem Abend zunehmend Alkoholfreunde, von denen sich einige zu Promille-Zombies entwickeln – mit all den damit verbundenen Ausfallerscheinungen, vor denen die Band bei Konzerten ganz gut geschützt ist, weil sie auf einem erhöhten Podium spielt. Hier aber gibt es keine Barriere.

Ein Mann, schwer wie ein Gewichtheber, nähert sich mit seinem randvollen Bierglas, gerät ausgerechnet vor dem Schlagzeug ins Trudeln, rutscht aus, stürzt über die große Bassdrum und knallt auf den Boden. Mud kann immerhin gerade noch zur Seite springen, aber viele Schlagzeugteile stürzen um. Das Bierglas, die wichtigste Ausstattung des Gastes, kann er im Fallen noch länger aufrecht halten, wofür er zweifellos den deutschen Artistenpreis verdient hätte. Allerdings versaut er sich wortwörtlich diese Auszeichnung, als er es beim Aufprall auf den Boden doch noch aus der Hand gleiten lässt. Der Gerstensaft ergießt sich leider nicht nur über seinen eigenen Kopf, was nicht weiter tragisch gewesen wäre, sondern auch noch über den teuren Fender Gitarrenverstärker. Der ist robust gebaut und sollte derartige Attacken schadlos überstehen können. Aber das Bier findet dann unglücklicherweise seinen Weg in die Elektronik, was augenblicklich zu einem Totalschaden beim Verstärker mit einem vorübergehenden Stromausfall im ganzen Haus führt. Schlechte Zeiten für das Buffet und die Bar, die im Schutz der Dunkelheit rücksichtslos geplündert werden.

Rob ist schockiert, das wird jeder Gitarrist nachvollziehen können. Denn der Verstärker ist ein Einzelstück, weil er ständig vom Gitarristen verändert, angepasst und verbessert wird, bis er klanglich passt. Der materielle Schaden am Verstärker in Höhe von einigen hundert D-Mark wird später beglichen, der ideelle Schaden für den Gitarristen ist indes gar nicht zu bemessen. Der ist stocksauer, aber sein Auftritt ist an dieser Stelle zwangsweise beendet. Rob flucht: »Dieser blöde Mist hier. Alles hin, wegen diesem Vollidioten hier. Das ist das letzte Mal für mich heute. Kein Privatauftritt mehr, nie mehr!«

Die Band einigt sich mit dem Gastgeber nach einem klärenden Gespräch dann darauf, noch zwei oder drei Titel ohne Gitarre zu spielen und dann vorzeitig das Feld zu räumen, bevor sich möglicherweise weitere Katastrophen ereignen. Sie freuen sich schon auf eine vorzeitige Heimreise. Die Stücke sollen allerdings erst nach dem nächsten Programmpunkt gespielt werden, der Lobpreisung des Gastgebers – ein Punkt, der hoffentlich möglichst schnell erledigt sein wird.

Dabei ist das der Moment, auf den sich die Musiker bei solchen Auftritten immer besonders freuen, weil sie häufig unfreiwillig komisch werden. Die meisten Gratulanten sind nämlich gar nicht dazu in der Lage, gute Reden zu halten, versuchen es aber trotzdem. Das erste untrügliche Anzeichen dafür ist, dass solche Ansprachen mit den Worten beginnen: »Ich bin kein großer Redner, aber …«

Aus diesem Anlass bittet nun der Gastgeber, der ausgerechnet auf den Namen Adolf hört, seine Gäste in das Herzstück des Hauses: das Wohnzimmer, in dem sich bei stickiger Luft jetzt achtzig Leute drängeln. Die Musiker stellen dafür die nicht zerstörten Reste der Soundanlage zur Verfügung, denn die Gäste sollen die Gratulanten schließlich gut verstehen können.

Mit seinem Vornamen hat der Gastgeber leider etwas Pech gehabt. Er ist ein Opfer der Namensmode für die Jahrgänge Anfang bis Mitte der Neunzehnhundertvierziger geworden und lässt sich daher lieber Adi nennen.

Es versteht sich von selbst, dass der Vater des Geburtstagskindes den Anfang macht. Er ist etwa siebzig Jahre alt, und man merkt ihm schon bei den ersten Sätzen den Vollprofi an. Er macht alles richtig, vor allem hält er sich kurz. Chapeau! Dann aber tritt ein entfernter Onkel des Jubilars ans Mikrofon, und das Niveau stürzt bereits ins Bodenlose:

Hust, hust … »Lieber Adolf, äh … Adi, ich bin kein großer Redner … (Pause) … aber (Pause) … heute ist ja alles besonders … und ich bin es auch. Also, nein, äh … auswendig geht das nicht, leider, aber ich habe es aufgeschrieben.«

Seine Frau reicht ihm nun ein Konvolut an Seiten mit seiner Rede.

»Liebe Rhönradturner … Nee, verdammt, das ist meine Rede im Verein … Hmm … Sorry, jetzt aber … Ich habe gedichtet, lieber Adi, also … Ich fange dann mal an, Moment, erst mal die andere Brille aufsetzen.«

Der Onkel fummelt die Lesebrille aus seinem Etui, dabei gleiten ihm die losen Seiten seiner Ansprache aus der Hand und segeln durcheinander auf den Boden. Aber Heiterkeit will noch nicht aufkommen. Man scheint den Onkel zu kennen.

»Vor zehn Jahren konnte er wenigstens noch die Seiten halten«, ätzt leise eine unbekannte weibliche Stimme aus dem Hintergrund, mit kaum verhohlener Schadenfreude, was mit leichter Erheiterung aus dieser Ecke quittiert wird. Aber nun ist der Onkel bereit:

»Also, lieber Adi, nu aber: Denn der Adolf … äh, Adi, ich werde ganz fahl, erreicht heute eine ganz besondere Zahl … Nee, tut mir leid, die Seiten sind durcheinander, das hier sollte ja eigentlich … äh, später kommen. Moment, das haben wir gleich. Muss gerade mal suchen, es sind keine Seitenzahlen drauf …«

Die Ehefrau springt ihm erneut zur Seite; genauer gesagt zur ersten Seite. Es gelingt ihr, die Seite mit dem Anfang der Rede zu identifizieren, und sie reicht sie ihm hin. Wenn man genau hinschaut, sind es insgesamt wohl so um die zwanzig Seiten, die die Gäste nun erwarten. Allerdings in altersgerecht großem Schriftgrad geschrieben. Das kann ja wirklich heiter werden, denken viele, und vor allem die

Musiker. Also: Manege frei für den entfernten Onkel: »So, nu aber, jetzt geht's los, hoho …:

Wir feiern den Adi in seinem schönen Haus
Applaus, Applaus, Applaus!
Als kleiner Kerl war das vielleicht ein Banause,
machte Streiche ohne Pause …«

Et cetera pp.

Nach etwa fünfzehn spannenden Minuten erstklassiger Unterhaltung ist der Onkel erst bei der Hälfte seines Manuskripts angelangt. Die ersten Gäste haben längst resigniert und sich im Schutz der Menge selbst nach hinten in den kleinen Garten durchgereicht. Sie wollen mehr Distanz zum ohnehin entfernten Onkel. Diese Kulturbanausen finden sich nun an der Bar wieder.

An die Rede des Onkels schließen sich weitere Höhepunkte an, wie ein Lied der Kinder, eine Tanzvorführung des Kegelclubs im Tütü usw.

Die Reden und Aufführungen für das Geburtstagskind gehen nach über einer Stunde, die sich wie drei Stunden angefühlt hat, langsam dem ersehnten Ende entgegen. Anschließend spielen die Musiker noch die zugesagten zwei Stücke. Sie haben so doch noch sehr viel länger bleiben müssen, als vereinbart war, und drängen nun auf Aufbruch.

Kurz vor dem Ende des Gigs richtet sich noch ein angeheiterter weiblicher Gast – die Haare von was auch immer wild zerzaust – mit einem Musikwunsch an Andy: »Kennen Sie den Titel ›Schöne Maid‹ von Tony Curtis? Den singe ich nämlich unheimlich gerne«, lallt sie.

»Von dem Sänger kenne ich nichts. Sorry«, antwortet Andy wahrheitsgemäß. Tony Curtis ist nämlich ein englischsprachiger Schauspieler, und sollte er singen, dann sicher keine deutschen Gassenhauer. »Das ist aber schade«, meint die verhinderte Sängerin und gibt auf. Meist tun sich diese Leute keinen Gefallen, getreu dem Motto: »Jeder blamiert sich, so gut er kann!« Und die Castingshow, das Format zum Fremdschämen, ist für solche vermeintlichen Stars noch nicht erfunden.

Dabei hat die Band noch Glück gehabt. Bei dem letzten Privat-Gig kamen doch glatt eingeladene Mitglieder einer angeblichen Partyband. Die wollten die Instrumente der Band kapern. Das haben die Musiker natürlich verhindert. Da hört auch für sie der Spaß auf. Sie sind schließlich als Band engagiert und nicht als Roadies für verhinderte Musikusse. An ihre Instrumente lassen sie aus guten Gründen niemand anders heran.

Wie die Musiker schon erwartet haben, steigert sich die Stimmung jetzt in die letzte Phase – der richtige Zeitpunkt für sie, abzubauen, die Gage bar zu kassieren, zu verschwinden und froh zu sein, dass nicht noch mehr ihres teuren Equipments zerstört worden ist. Der Schaden beträgt am Ende mehrere hundert D-Mark, exklusive der Miete für einen notwendig gewordenen Ersatzverstärker.

Das Fazit der Musiker nach diesem Einsatz: anstrengend, nervtötend, aber immerhin gut bezahlt!

Sie beschließen nach diesem Ereignis, die Gage für Privatpartys deutlich zu erhöhen.

Boogie-Nacht

Andy fährt ein paar Tage später nach Heiden, um Anja die nächste Klavierstunde zu geben.

Sie begrüßt ihn freundlich, und Andy geht ohne Umschweife in medias res.

»Und zuerst die schlechte Nachricht!«, kündigt Andy mit ernster Miene an.

»Oje, was kommt denn jetzt?!«, fragt Anja verunsichert.

»Meine Klavierstundensätze werden sich deutlich erhöhen!«

»Aha, du willst mir wohl sagen, dass du deine Prüfungen bestanden hast und jetzt ein diplomierter Bluesmusiker bist?«

»Genau, Anja! Schade eigentlich, dass ich dich kaum foppen kann, aber warte, das gelingt mir noch!«, stichelt Andy.

»Ach, ich bin doch gar nicht so! Aber erst einmal gratuliere ich dir herzlich zu deinem Abschluss. Du kannst froh sein, mich erwarten noch zwei Staatsprüfungen, die auch megaschwer sind.«

»Du möchtest mir doch heute die ersten zwölf Takte deines ersten Blues vorspielen, den ich dir das letzte Mal gezeigt habe. Also, ich setze mich jetzt einfach bequem hinter dich und höre dir zu.«

»Ja, ich habe schön geübt. Andy, ich habe mich gefragt, in welchem Alter hast du eigentlich zum ersten Mal öffentlich gespielt?«

»Mit neun oder so, da musste ich in der Grundschule bei einem Fest vor Eltern, Lehrern und Schülern vorspielen, natürlich ein klassisches Stück. Ich war furchtbar aufgeregt, das weiß ich noch. Für mich damals eine unangenehme Erfahrung.«

»Und wann bist du erstmals mit diesen Bluessachen aufgetreten?«

»Ehrlich gesagt, weiß ich das gar nicht mehr so genau. Da werde ich neunzehn gewesen sein. Aber ich kann mich noch gut daran erinnern, als ich zum ersten Mal einfach so ›just for fun‹ in einer Kneipe öffentlich gespielt habe. Nach einem schnellen Boogie kam irgendein ziemlich angeschickerter Gast zu mir – ich saß noch am Klavier – klopfte mir wohlwollend von hinten auf die Schulter, steckte mir einen zwanzig-D-Mark-Schein in die Hemdtasche und sagte: ›Noch so n' Rock 'n' Roll!‹ Aber es war natürlich für einen Musiker umwerfend komisch, nach einem klassischem Boogie.«

»Umso mehr ein Grund, Musiker zu werden, allein wegen dieser Geschichten«, meint Anja.

»Ja, dazu fällt mir noch ein, dass ein Gast tatsächlich sogar mal hundert D-Mark in die Hemdtasche eines Pianisten gesteckt haben soll, als Gegenleistung dafür, dass er sofort aufhört …«

»Kaum zu glauben …«, kichert Anja. »Warst du dieser Pianist?«

Andy muss lachen. »Das wollen wir jetzt nicht weiter erörtern, aber ich hätte so oder so das Geld genommen, ja klar! Das wäre schnell verdient gewesen«, schäkert Andy und schaltet sofort auf Klavierlehrer um, auch, um vom Thema abzulenken:

»Weißt du eigentlich, was Musik von der bildenden Kunst wie zum Beispiel der Architektur unterscheidet?«

»Ich denke, eine Skulptur könnte ich anfassen, Musik nicht?!«

»Ja, genau. Ein Musikstück ist irgendwann zu Ende. Von einem Konzert kannst du einen Eindruck mitnehmen, einen Ohrwurm vielleicht. Die Töne selbst sind scheu und flüchtig. Eine Skulptur dagegen ist immer da.«

»Was du mir gerade eben gesagt hast, ist das dann auch scheu und flüchtig?«

»Ach Anja, gegen Juristinnen komme ich nicht an. Ich teste nur ein bisschen ganz praktisch meine musikpädagogischen Fähigkeiten. So Anja, nun hast du den Beginn deines Solos geschickt hinausgezögert. Jetzt geht es aber los. Dann lass uns doch mal hören, was du mir an flüchtigen Tönen so mitgebracht hast.«

Sie giggelt kurz, sagt trotzig: »Gar nicht wahr!«, und zieht einen Schmollmund. Sie ist so süß, wenn sie beginnt, mit ihm zu spielen statt auf dem Klavier, denkt Andy. Anja setzt in ihm enorme Energien frei. Die Natur spielt mit ihm. Dann erkennt er die ersten Töne seines Blues, den er ihr beigebracht hat. Anschließend lobt Andy seine Schülerin:

»Das hast du fantastisch gemacht, Anja!«

Sie antwortet mit kindlicher Stimme ganz schüchtern mit einem kaum hörbaren »Danke«.

Andy war allerdings in den letzten zwei Minuten durch ihre Erscheinung und ihr Spiel so abgelenkt, dass er gar nicht richtig zuhören konnte. Sie hätte auch den größten

Mist spielen können, und er hätte es wunderschön gefunden. Andy kommt wieder zu sich und behilft sich einfach mit einem »Bitte noch einmal, Anja«, um sich ab sofort wieder richtig zu konzentrieren.

Als sie ihren Vortrag wiederholt hat, ist er doch etwas strenger, aber nur ein bisschen:

»Also, wirklich klasse! Und jetzt kümmern wir uns um die kleinen Unsicherheiten. Ist das okay für dich, wenn ich neben dir auf dem Hocker sitze?« »Klar Andy, komm' nur.«

Auf der nicht sehr breiten Klavierbank sitzt Anja rechts von Andy, damit er ihr direkt die Fingersätze der rechten Hand zeigen und sie es sofort eine Oktave höher selbst nachspielen kann. Immer wieder berühren sich dabei ihre Fingerspitzen. Weder Anja noch Andy können unterscheiden, ob ihre flüchtigen Berührungen zufällig oder absichtlich erfolgen. Solange sie instinktiv ihre Finger wegzieht, wird er sich zurückhalten. Andy ist gleichwohl nicht mehr so ganz bei sich, kann sich nicht mehr auf das Spiel konzentrieren. Ihre flache rechte Hand bleibt auf einmal einladend auf dem Instrument liegen, und Andy ergreift sie zärtlich. Zunächst hat er kurz den Eindruck, als wolle Anja ihre Hand zurückziehen, dann bleibt sie aber doch liegen und ergibt sich. Die Hände scheinen sich bereits zu mögen; aber wird der Rest diesem guten Beispiel bald folgen? Die Chancen stehen gar nicht so schlecht.

Anja sagt leise: »Du bist sooo süß, Andy!«

Andy versteht, was sie meint, aber eigentlich will er nicht süß sein, Männer sehen sich nicht so. Da fällt ihm aus dem Studium doch spontan das Lied ein »Ach, ich hab sie ja nur auf die Schulter geküsst«, aus der Operette »Der Bettelstudent«. Alles Nachwirkungen seiner Prüfungsvorbereitungen. Aber es sieht gerade nicht danach aus, dass er jetzt betteln müsste.

Derweil hat Anja von Andy unbemerkt den obersten Knopf ihrer weiten Bluse geöffnet und ihren Hals und ihre rechte Schulter etwas freigelegt. Andy umarmt sie halbfest und gibt ihr zärtlich ein Küsschen auf die linke Wange, weil sie einfach am nächsten liegt, und dann auf ihre zarte, wunderschöne rechte Schulter. Anja leistet keinerlei Widerstand.

»Und du bist die hübscheste Bluespianistin, die ich je treffen konnte.« Andy lächelt sie an und bemerkt, dass Anja dabei schwerer atmet.

»Du weißt, dass Pianisten eine breitere Verbindung zwischen ihrer linken und rechten Gehirnhälfte haben als andere Menschen? Wir können Gefühl und Spielen besser miteinander verknüpfen als all die anderen ...«, ist der vorerst letzte Satz von Andy.

»Das habe ich auch gerade gedacht, Herr Klavierlehrer ...«, lauten die für lange Zeit letzten Worte, die Anja ihm zärtlich ins Ohr flüstert.

Sie sucht sich als Revanche seinen Mund zum Küssen aus. Die Kleidung der beiden verteilt sich bald auf dem großen, uralten, warmen Bärenfell.

Ihre weite Bluse und sein Hemd liegen wie ein Spiegelbild verschlungen nebeneinander.

Über dem Rest des Nachmittags und des Abends und der Nacht liegt der Mantel des höflichen Schweigens eines Sängers.

Das große Wiederhören

Jahrzehnte später sitzt Andy im Oktober zweitausendeinundzwanzig bequem in einem Sessel zwischen seinen ganzen Instrumenten, die über die Jahre zusammengekommen sind. Es ist neunzehn Uhr dreißig. Da hört er von oben seine Frau Anja rufen:

»Andy, komm' bitte rauf, die Jungs sind da!«

Mit Hilfe des allwissenden Internets und zwei, drei Anrufen ist es Andy in den letzten Monaten gelungen, die Kontaktdaten seiner Kumpels von damals ausfindig zu machen. Andy und seine Frau Anja haben die Mitglieder seiner ehemaligen Band »The Boogie Stompers« zu sich nach Hause eingeladen. Regelmäßigen Kontakt hat er nur noch mit seinem besten Freund Rob, dem Mitbegründer der »Boogie Stompers«. Die anderen hat er seit drei Jahrzehnten nicht mehr gesehen.

Andy geht nach oben und begrüßt mit Anja herzlich seine ehemaligen Musikerkollegen. Er freut sich riesig und sagt:

»Leute, das habe ich ja nicht für möglich gehalten, dass das noch mal was wird, in diesem Leben. Aber jetzt steht ihr leibhaftig vor mir. Lasst euch alle mal kräftig drücken ... Mensch, Rob, willkommen, wir sehen uns ja immerhin noch regelmäßig ... Und unser Mud, grüß dich, immer noch so gutaussehend wie früher … Mr. Foley, nice to see you, bestimmt noch auf Achse … Mick, unser Bläser, ich grüße dich. Anja kennt ihr ja noch von damals, inzwischen verheiratet mit ihrem Klavierlehrer.«

»Ich habe alle abgeholt und hierhergefahren. Den grünen Transit gibt's leider nicht mehr. Aber für die Instrumente ist immer noch genug Platz!«, meint Rob.

»Ja, dann kommt doch erst einmal rein … Geht einfach nach hinten durch auf die Terrasse«, bittet Anja.

Alle setzen sich bei bestem Herbstwetter an einen großen Tisch im Freien. Ein schönes Bild, sind sie doch mehr oder weniger im Frühherbst ihres Lebens angekommen; nicht im nostalgischen, sondern im zukunftsgerichteten Sinn. Alle sind sie zum Glück gesund und unverändert aktiv. Warum sollte man als Pianist auch aufhören? Eubie Blake etwa konnte noch in seinem neunten Lebensjahrzehnt wunderbar Ragtime spielen. Das allerdings ist ein Geschenk.

»Schaut mal«, sagt Anja, »dort steht ein kleiner Kühlschrank, gefüllt mit allen möglichen Erfrischungen. Bedient euch bitte nach Lust und Laune!«

Andy sagt überschwänglich: »Ach Mensch, das ist toll, euch hier zu haben. Das sind satte dreißig Jahre, die wir uns nicht gesehen haben! Was mich erst mal interessiert ist natürlich, was so aus euch geworden ist … was ihr so macht … vor allem auch musikalisch«.

Rob antwortet: »Bei mir ist es ziemlich einfach, das habe ich den anderen eben schon verraten. Sie wollten mir über sich aber noch nichts preisgeben, das soll erst hier passieren. Überraschungsmoment! Ich war ja schon einigermaßen gesettelt damals, mit Ende zwanzig. Und da hat sich beruflich gar nichts verändert. Allerdings habe ich dann spät geheiratet, Anja und Andy, also »Anjady« wie man heute populär abkürzt, waren ja bei der Hochzeit. Und zwei Kinder sind das Ergebnis. Damit habe ich wenig Zeit für Musik, leider. Aber mit Andy spiele ich gelegentlich immer noch Jobs. Und ich habe unverändert Spaß daran!«

»Ja, dann mach' ich mal weiter«, meldet sich Mick. »Ich bin nach wie vor Musiker, kann ja auch nichts anderes. Alles genauso wie früher. Das Symphonieorchester ist immer noch das sicherste Standbein für mich. Früher hatte ich mit euch insgesamt noch vier Bands am Start. Heute sind es aber nur noch zwei, dafür werde ich häufiger als Studiomusiker gebucht. ›Feeling‹ gibt's halt immer noch nicht aus dem Computer. Mit Frauen habe ich's ja nicht so, wie ihr vielleicht geahnt habt, heute sagt man wohl ›divers‹ dazu. Trotzdem ziehe ich es vor, alleine zu leben. Mein Kalender ist unverändert übervoll. An Ruhestand kann ich gar nicht denken, schon finanziell nicht. Aber ich wüsste auch gar nicht, was ich ohne Musik machen sollte. Ich habe wie wir alle so viel erlebt – Leute, dafür bräuchten Menschen mit einer bürgerlichen Existenz mindestens drei Leben.«

»Recht hast du, Mick«, sagt Mr. Foley, »geht mir auch so. Unser Dasein ist doch ein Geschenk, finde ich. Eine Lebensreise mit ›lauter‹ Musik, im doppelten Sinne des Wortes. Und mit so vielen Erlebnissen. Also ich möchte das nicht missen. Bei mir hat sich gar nichts verändert, bis auf die ein oder andere Band. Ich muss natürlich auch mit der Zeit gehen und mich neuen Richtungen anpassen, aber damit habe ich kein Problem. Ich bin nach wie vor gut gebucht. Verheiratet war ich damals schon, das hat sich auch nicht verändert. Kinder wollten wir bewusst nicht.

Zwei Musiker, ohne Zeit für etwas anderes, das hätte nicht funktioniert.«

»Alles so wie früher«, meint Mud und lacht, »das Nesthäkchen, also ich, ist immer noch am Schluss dran. Dabei bin ich jetzt auch Anfang sechzig. Aber ich fühle mich nicht wirklich so. Ja, dann bin ich wohl der Einzige, der musikalisch gar nichts mehr macht. Das Set steht seit vielen Jahren ungenutzt im Keller. Wenn ich Dampf ablassen muss, gehe ich aber schon mal runter und hau auf die Pauke. Wahrscheinlich liegt es daran, dass ich aus beruflichen Gründen wegziehen musste und dann alle Kontakte verloren habe. Aber auch der Beruf – ich bin wie geplant Staatsanwalt geworden – der frisst mich zeitlich auf. Daran ist dann auch schon vor Jahren meine Ehe in die Brüche gegangen. Habe aber wieder geheiratet, eine Juristin mit demselben Stress wie ich, das klappt jetzt. Aber eins ist mir noch wichtig: Nachher muss ich mit euch unbedingt auf eines meiner Vorbilder, den vor einigen Wochen in den Rockhimmel eingezogenen Drummer Charlie Watts anstoßen, der ja aus dem Jazz gekommen ist und bis zum Schluss auch dort aktiv war! Und du, Andy, was machst du so?«

»Ja, die Erinnerung an Charlie Watts machen wir natürlich, Ehrensache.

Naja, ihr wisst ja noch, dass ich mein Musikstudium beendet habe. Dann ist es mir bis heute ganz gut gelungen, das zweite Standbein auszubauen: Ich bin als Musiklehrer sogar noch verbeamtet worden, muss aber an verschiedenen Schulen unterrichten, und natürlich gebe ich privat Klavierstunden.

Ich gehe sehr gerne mit Kindern um, die ich, solange sie

noch jünger sind, sehr gut erreiche. Schwieriger ist es mit Jugendlichen. Die sind doch sehr unkonzentriert. Das habe ich aus meiner Schulzeit allerdings auch noch so in Erinnerung. Wir saßen doch in Klassen mit vierzig Schülern – von denen haben maximal fünf den Musikunterricht ernst genommen und alle anderen haben rumgealbert, leider. Das wäre mir als Lehrer auf Dauer zu anstrengend geworden. Deshalb habe ich neue Formen und Themen entwickelt, um alle Schüler für den Unterricht begeistern zu können. Die jungen Leute holt man am besten mit der Musik ab, die sie gerne hören.

Für die Freunde der elektronischen Musik biete ich Kurse in Musikbearbeitungsprogrammen, wie zum Beispiel in »Cubase«, an. Wir nehmen im Unterricht digital auf und mixen anschließend unsere Songs. Damit kriege ich sie fast alle! Ohne Musiktheorie geht allerdings auch das nicht, und schwuppdiwupp wollen alle begierig Noten lernen.

In der Boogie- und Bluesszene bin ich so weit aktiv, aber mit gebremstem Schaum. Ich spiele in einer vierköpfigen Kölner Boogie- und Bluesband und bin gelegentlich solo oder mit anderen Pianisten auf der Bühne. Aber insgesamt ist es deutlich weniger geworden. Zudem kommt uns allen ja die Covid-19-Krise in die Quere. Keine Auftritte, keine Gage und die versprochene Entschädigung durch den Staat lässt auch auf sich warten. Ich rate keinem, diese Anträge ohne Unterstützung durch einen Steuerberater zu stellen, sonst kommt man nicht an sein Geld. Wir sind ehrlich froh, dass wir beide Geld verdienen, nicht wahr, Anja?«

»Ja, und wie. Ich habe ja, wie Mud, Jura studiert, ordentlich mit zwei Staatsexamen abgeschlossen; dafür habe ich vom Völkerrecht keine Ahnung!« Alle lachen herzlich über diese Anspielung auf manch dreiste Übertreibungen im Lebenslauf von Politikern.

»Und bin dann in eine Kreisverwaltung gegangen. Ich leite dort inzwischen ein Referat und bin recht zufrieden mit dem Job. Musikalisch kann ich ja nicht mithalten, obwohl ich schon ein paar Bluessachen auf dem Klavier kann. Aber ich glaube ganz fest, dass das Zusammenleben mit einem Musiker für eine Frau schwierig sein kann, wenn man den Beruf des Mannes nicht genauso liebt wie er und ihn nicht entsprechend dabei unterstützt. Andy hilft mir natürlich genauso. Da haben wir zwei uns wirklich gefunden. Ihr erinnert euch: dieser Zufall! Wenn ihr damals nicht bei uns in dem Weinkeller gespielt hättet, wären wir uns nie begegnet.«

Mr. Foley geht darauf ein: »Du hast dich überhaupt nicht verändert, Anja, das muss ich schon sagen. Also diese Weinkeller-Geschichte ist mir auch nie aus dem Kopf gegangen. Die war echt strange. Daran können wir uns sicher alle erinnern!«

»Das ist ganz reizend von dir, Farrell!«, sagt Anja ganz gerührt, »deshalb widmen wir dir heute die Bratwürste, die wir gleich auf den Grill legen.« Es bricht große Heiterkeit aus.

Farrell fährt fort: »Das ist aufmerksam. Ich habe aber auch eine Überraschung für alle hier. Wie ihr vielleicht noch wisst, bin ich damals meiner Frau von Irland nach Deutschland gefolgt. Ich habe das nie bereut, weil der Markt hier natürlich riesig ist. Aber ich habe mit meiner Frau schon lange verabredet gehabt, dass wir unseren Lebensabend in Irland verbringen. Und in ein paar Monaten ist es so weit. Wir gehen in meine Heimatstadt Ennis. Ein Haus steht da schon für uns bereit.

So: und nun die Überraschung. Ich habe in Ennis bereits einen bekannten Club gefunden, der unsere alte Truppe für drei Konzerte offiziell buchen wird. Von Freitag bis Sonntag. Das heißt, ihr seid alle eingeladen, zu kommen und mit uns zu feiern. Meine Familie, meine Freunde und ganz Ennis freuen sich schon darauf. Na, was sagt ihr?«

»Ich bin sprachlos, aber klar: Anja und ich werden dabei sein! Wir lieben Irland, die Menschen mit ihrer Musik und ihrer Lebensart!«, sagt Andy begeistert, und Anja nickt zustimmend. Alle anderen sagen ebenfalls sofort begeistert zu und lassen Mr. Foley hochleben.

»Eines musst du mir noch mal in Erinnerung rufen, Andy«, sagt Farrell, »… wie du zum ersten Mal Vince Weber begegnet und so zum Blues und Boogie gekommen bist. Ich habe von ihm erst neulich fantastische Aufnahmen auf einem Best-of-Album gehört!«

»Aber klar doch!«, sagt Andy:

»Ich hatte buchstäblich noch nie etwas vom Blues- und Boogiepiano gehört, als ich mit Freunden im Mai Neunzehnhundertsechsundsiebzig ein Konzert von Vince Weber in einem Jazzclub Bremen besucht habe. Zwar hatte ich auf eigenen Wunsch schon als Kind Klavierunterricht bekommen, aber da lernte man damals lediglich klassische Musik. Als Jugendlicher habe ich selbstverständlich wie alle Altersgenossen britische und nordamerikanische Popmusik gehört. Das gefiel mir natürlich. Ich kann mich noch sehr gut daran erinnern, als ich zum Beispiel die Schallplatte ›Mighty Man‹ von Mungo Jerry auflegte und das Piano-Riff mitspielte. Dass dieser Titel auf Boogie basierte, ahnte ich damals gar nicht. Erst später habe ich gelernt, dass die Rockmusik ihre Ursprünge tatsächlich im Blues und Boogie hat.

Als wir am Jazzclub ankamen, stand Vince in seinem typischen Schwarz-Weiß-Outfit vor dem Club, spielte Blues auf einer Dobro-Gitarre und sang. Diese Musik hat mich sofort gepackt.

Also begann das Konzert, dass ich mit der Erlaubnis von Vince komplett aufnehmen durfte. Drei Sets in einer Gesamtlänge von über zwei Stunden. Das war fantastisch, das Publikum begeistert, und auch ich war fasziniert von diesem Musiker, der kraftvollen Musik und der Erfahrung insgesamt.

Tja, sorry, ist etwas länger geworden, aber so war es halt. Vince ist leider nicht mehr unter uns, aber die Erinnerungen und seine Musik währen fort. Seine liebe Frau betreut ja sein musikalisches Erbe.«

Das alte Feeling unter den Musikern ist wieder da, als ob sie nie voneinander getrennt gewesen wären. Sie haben sich noch viel zu erzählen.

Andy sagt nach einem langen Abend mit alten und neuen Geschichten sowie jeder Menge Dönkes:

»So, Leute, bevor wir vor lauter Rührung jetzt total abdrehen, schlage ich vor: Ab in den Musikkeller und lasst uns noch einmal rocken, wie in den guten alten Zeiten. Johnny B. Goode! Und behaltet mich in guter Erinnerung, so wie ich bin, falls ich gleich allzu tief ins Glas gucke. Ich habe nämlich morgen frei!«

»Da freuen wir uns alle drauf, ab geht der Blues! Ich habe extra die alte Klampfe dabei. Auch alle anderen haben ihre Instrumente mit«, kündigt Rob an. »Aber vorher haben wir für dich, Andy, noch ein Dankesgedicht zum vierzigjährigen Jubiläum unserer ›Boogie Stompers‹ geschrieben, und ich trage es jetzt vor!«

»Na, da bin ich aber gespannt«, meint Andy.

»Also, los geht's, ähhh, wo habe ich meine Unterlagen denn, und Moment … ähhh, meine Brille. Ach hier, ja, Moment. Also nun für dich, Andy: Ich bin zwar kein großer Redner, aber …«

Der Gag aus der Geschichte über die Privatparty im Reihenhaus zündet immer noch. Alle stehen auf und liegen sich vor Lachen in den Armen, die Freudentränen fließen und kurz darauf auch der Alkohol.

Andy kontert mit einer Frage: »Wie bekommt man einen Saxofonisten auf zwei Promille runter?«

»Kein Ahnung!«, antwortet Rob, während Mick als Saxofonist schon lachend abwinkt.

»Ganz einfach!«, löst Andy auf: »Drei Tage hintereinander keinen Tropfen Alkohol!«

Großes Gelächter in der Runde.

Die Musiker und Anja gehen runter in den Musikraum. Die silberne Kugel im alten Regal ist angeregt und leuchtet freudig blau. Andy strahlt sie an, und sie strahlt zurück. Sie hat all das fast unmerklich eingefädelt, als sie den alten Zeitungsbericht auf dem Notenhalter von Andys Flügel vor dessen Nase landen ließ. Und ein paar Minuten später zählt Mud im Musikraum mit den Sticks den ersten Titel ein – wie üblich:

Click, Click … Click, Click, Click, Click … und ab geht die schnelle Fahrt in tausendundeine Bluesnacht. Und Acht an der Bar. Als wäre die Zeit stehengeblieben.

Veröffentlichungen des Autors auf Tonträgern:

– I Wake You Up, CD, 1990

– Six Hands Chaser, CD / LP, 1991

– Boogie Woogie Thunderstorm, CD, 1992

– Northbound Piano, CD, 2007

– It's Only Blues, LP, MP3-Download, 2018

www.marc-galperin.de